DU MAGASIN
DE
PIGOREAU, LIBRAIRE
pour les Romans,
Place St.-Germain-l'Auxerroi
N. 20.
A PARIS.

I0752078

LE PANORAMA
DES BOUDOIRS.

2381

Y²

47806

DE L'IMPRIMERIE D'ANT. BERAUD,
Faubourg Saint-Martin, n°. 70.

4.

LE PANORAMA DES BOUDOIRS,

OU

L'EMPIRE DES NAIRS,

Le vrai Paradis de l'Amour ;

CONTENANT PLUSIEURS AVENTURES ARRIVÉES A VIENNE, A PÉTERSBOURG, A LONDRES, A ROME, A NAPLES, ET SURTOUT DANS UN EMPIRE QUI NE SE TROUVE PLUS SUR LA CARTE : LE TOUT PARSEMÉ DE MAXIMES COULEUR DE ROSE SUR LA GALANTERIE ET LE MARIAGE ;

ORNÉ DE QUATRE GRAVURES COLORIÉES ;

PAR LE CHEVALIER JAMES LAWRENCE.

Genus huic materna superbum
Nobilitas dabat, incertum de patre ferebat.
VIRG. l. XI. 341.

TOME QUATRIÈME.

PARIS,

CHEZ PIGOREAU, LIBRAIRE,
Place St-Germain-l'Auxerrois, nº. 20.

1817.

SUJET DE LA GRAVURE.

Les Horreurs de la Polygamie.

Les Chevaliers du *Phénix* rendent à la liberté les Sultanes, victimes des cruautés d'un Eunuque noir. On voit ces belles captives, qui selon leurs idées sur la modestie et la pudeur, cachent leur visage de leurs mains, et exposent naïvement les charmes même que la *Vénus de Médicis* aurait été la plus empressée à leur dérober.

Tome 4e., p. 25; tome 4e., p. 157.

L'EMPIRE DES NAIRS.

LIVRE X.

ARGUMENT.

Seconde expédition contre le Candahar, qui sauve la vie à Degrey. L'eunuque Sélim poignardé par Roxane. Amours de Lacy et de la sultane Fatime. Aventures de Hugues Lacy, comte de Héreford. Ses étourderies à l'école et à l'université. Ses liaisons d'amitié avec Fitz-Allan. Malheurs d'Owen Tudor et de Genifrède Morgan. Histoire galloise. Frédéric le Grand. Tribunal de chasteté à Vienne. Galanteries de Lacy en Allemagne, à Florence, en Sicile et en Russie. Perte de son rang et de sa fortune. Les vendeurs d'âmes en Hollande. Son naufrage sur la côte de Malabar. Ses voyages avec Agalva. Leur détention à Candahar.

QUEL jour de fête que le lendemain à Calicut! Le soleil ouvrait à peine sa carrière, que toute la ville fut en mouvement. Ses avenues étaient couvertes d'une foule de curieux qui accouraient des provinces voisines. Ce jour solennel qu'on avait attendu avec la plus vive impatience, combien on avait accusé de lenteur, ceux qui l'avaient précédé ! Les Nairs se trouvaient si heureux de pouvoir rendre hommage à la mère de leurs futurs souverains, dans la fille de leurs anciennes princesses ! cette idée avait été si consolante ! on craignait de la voir s'évanouir comme un vain songe. L'artillerie, placée sur les montagnes d'alentour, se disposait à annoncer ce mémorable événement.

Le Samorin et les princes de l'empire, le grand-maître et les chevaliers du Phénix, les hérauts avec leurs robes de cérémonie, et toute la cour, s'étaient assemblés dans la salle maternelle. Le roi d'armes cita la fille d'Agalva à comparaître, mais la fille d'Agalva ne parut point.

Une députation des princes alla la chercher. On la trouva dans son appartement, où elle était assise dans un profond recueillement, sous le portrait de son aïeule, Mirva Ridaxina, l'illustre amante de l'invincible Médor.

La fille de Ridaxa florissait quatre siècles auparavant, dans le temps de l'ancienne chevalerie; mais sa mémoire était encore chérie de ses concitoyens. Ses hauts faits étaient célébrés par tous les monumens et dans toutes les histoires de l'Indostan. On voyait son portrait dans le palais impérial, au-dessous de l'arc de Médor qui y était suspendu.

« Croyez-vous, dit aux princes la jeune Samorine, que je sois vraiment descendue de Mirva?

» Princesse, répondirent-ils, c'est en cette auguste qualité que nous vous supplions de venir recevoir nos hommages.

» Seriez-vous satisfaits qu'elle m'eût

uniquement transmis la vie ? Non, vous trouverez qu'elle m'a également transmis son âme ».

Et Osva suivit les princes. Alors, après avoir exposé la situation de l'Anglaise, elle parla en ces termes à l'assemblée :

« Hier, ayant médité sur ses malheurs, je m'étais couchée ; mais le repos fuyait loin de moi, lorsque le portrait de Mirva me sembla éviter dédaigneusement ma vue, et la corde de l'arc se rompre avec violence : je tressaillis, ce n'était qu'un songe ; mais je pensai que Mirva pourrait avec raison dédaigner une de ses descendantes dont la vanité amuserait par des festins inutiles tous les héros de l'Orient, tandis que cette malheureuse victime languit dans les fers. Quel est celui parmi vous qui se déclarera son champion ? Cette Européenne sera le témoin de mon bonheur et l'ornement de votre triomphe ».

Elle dit : mille épées brillèrent à l'instant, la terre se couvrit de mille gantelets.

« Allez, dit le Samorin à son neveu, que votre absence, cette fois, soit aussi glorieuse que la dernière ; qu'elle rende à leur famille éplorée quelque sœur opprimée, ou quelque mère inconsolable. O Firnos ! si celle à qui tu dois le jour paraissait au milieu de nous, ah ! quelle félicité pourrait égaler la nôtre » !

On différa le jour des hommages ; et ce projet, comme un vent impétueux d'automne, emporta tous les cœurs avides de gloire vers les frontières de la Perse. Les Nairs n'ont ni femmes ni enfans, ils sont libres de tous les soins qu'une famille entraîne avec soi : leurs guerriers, aussi nombreux que les feuilles des forêts, couvrirent bientôt les rives de l'Indus.

Environnés de cortéges brillans, douze princes de l'empire se mirent à la tête de cette foule de héros. Animés d'une haine héréditaire contre les mahométans, leurs vassaux plièrent leurs tentes, et attendirent le signal du départ. Les rayons du soleil, réfléchis par leurs armes, jetaient au loin le plus vif éclat; le vent se jouait dans leurs drapeaux ondoyans : le grand-maître avait appelé au champ de la gloire tous ses chevaliers, les défenseurs jurés des droits du beau sexe; et cette fleur de la noblesse, composée de quinze cents gentilshommes, avait répondu, par une obéissance pleine d'allégresse, à l'invitation de son chef. C'était une véritable légion d'honneur; chacun pouvait prouver la noblesse de sa trisaïeule. Le Phénix, brodé sur leur habit, les distinguait de tous leurs compagnons d'armes.

Enfin, la lune découvrait à l'armée les tours du sérail; elle s'était avancée, par des marches forcées, pour surprendre la place pendant l'absence du sultan. Le jeune Shah, qu'une révolution venait de rétablir sur le trône d'Ispahan, mais à qui aucune puissance ne pouvait rendre la vue, dont la barbare jalousie de son propre frère l'avait privée, désirait l'alliance du Candahar, et le sultan ayant arraché une de ses sœurs au cadavre d'un mari qu'il l'avait d'abord forcée d'épouser, invita le Shah à se rendre sur les frontières de leurs dominations respectives, pour ensevelir cette déplorable victime de leur ambition dans les bras d'un débauché dégoûtant et infirme.

Qui pourrait peindre l'indignation de l'armée des Nairs à la vue du sérail! L'aspect d'une bastille n'eût jamais éveillé plus de fureur dans l'âme d'un homme libre et fier. Le fantassin, ne respirant que la vengeance, fronça le sourcil, et laissa échapper une exclamation d'horreur; le cavalier piqua involontairement le flanc de son fougueux coursier.

Bientôt on eut environné le sérail;

il ressemblait seul à une grande ville. Tous les dehors étaient déjà au pouvoir des Naïrs, lorsqu'un esclave chargé de dépêches par le sultan, fut conduit en présence du jeune prince : on découvrit une lettre dans les plis de son turban.

Le sultan de Candahar, à Sélim,
désormais premier eunuque,

« Je te mets le fer à la main; reçois, par cette lettre, un pouvoir sans bornes sur tout le sérail; commandes-y avec autant d'autorité que moi-même; que la crainte et la terreur marchent avec toi; cours d'appartemens en appartemens, porter les punitions et les châtimens; que tout vive dans la consternation; que tout fonde en larmes devant toi : interroge tout le sérail, commence par les esclaves; n'épargne pas mon amour, que tout paraisse à ton tribunal redoutable. Je te confie ce que j'ai à présent dans le monde de plus cher, ma vengeance ; entre dans ce nouvel emploi, mais n'y porte ni cœur ni pitié : j'écris à mes femmes de t'obéir aveuglément ; dans la confusion de tant de crimes, elles tomberont devant toi. Je soupçonne Zélis d'être celle à qui la lettre que tu as surprise s'adressait ; examine cela avec des yeux de lynx ».

Le sultan, aux femmes de son harem,

« Puisse cette lettre être comme la foudre qui tombe au milieu des éclairs et des tempêtes ! Sélim est votre premier eunuque, non pas pour vous garder, mais pour vous punir ; que tout le sérail s'abaisse devant lui. Il doit juger vos actions passées ; et pour l'avenir, il vous fera vivre sous un joug si rigoureux, que vous regretterez votre liberté, si vous ne regrettez pas votre vertu (1) ».

(1) Lettres persanes.

« Le mot vertu est-il donc si familier à un tyran ? s'écria Firnos ; le nom sacré de liberté doit-il être indignement prostitué ? Non, femmes opprimées, l'empire de vos despotes touche à sa fin, l'heure des vengeances a sonné. Je tremperai une verge dans leur sang impur ; aucun ne survivra pour trembler au souvenir de notre implacable justice ».

L'esclave se jeta aux pieds du prince, et s'offrit pour introduire, par un souterrain, un corps d'élite dans le sérail. Cette proposition fut acceptée, et avant minuit, Firnos et les guerriers les plus distingués étaient déjà dans ces murs terribles.

Ils dirigent, en silence, leurs pas vers la cellule du premier eunuque infortuné, qui touchait au terme de sa carrière, dans le moment même où allaient se réaliser tous les vœux de son ambition. On fit d'inutiles perquisitions, on ne l'y trouva pas ; mais un paquet de lettres qui formait sa correspondance avec son maître, tomba entre les mains des Nairs.

Copie d'une lettre au sublime sultan, mon maître.

« Les choses sont venues à un état qui ne se peut plus soutenir ; les femmes se sont imaginées que ton départ leur laissait une impunité entière ; il se passe ici des choses horribles ; je tremble moi-même au cruel récit que je vais te faire.

» Zélis allant, il y a quelques jours, à la mosquée, laissa tomber son voile, et parut presqu'à visage découvert devant tout le peuple. J'ai trouvé Zachi couchée avec une de ses esclaves, chose si défendue par les lois du harem. J'ai surpris, par le plus grand hasard du monde, une lettre que je t'envoie ; je n'ai jamais pu découvrir à qui elle était adressée. Hier soir, un jeune garçon fut trouvé dans le jardin du sérail ; il se sauva par-dessus les murailles.

» Ajoute à cela ce qui n'est pas parvenu à ma connaissance. Veux-tu que je te découvre, magnifique sultan, la cause de tous ces désordres? Elle est toute dans ton cœur et dans les tendres égards que tu as pour tes femmes. Si, au lieu de la voie des remontrances, tu me laissais celle des châtimens; si, sans te laisser attendrir à leurs plaintes et à leurs larmes, tu les envoyais pleurer devant moi, qui ne m'attendris jamais, je les façonnerais bientôt au joug qu'elles doivent porter, et je lasserais leur humeur impérieuse et indépendante. Laisse-moi les mains libres; huit jours remettront l'ordre dans le sein de la confusion.

» La seule Roxane est restée dans le devoir, et conserve de la modestie. Si tu ne remets les autres à ma discrétion, je ne te réponds d'aucune d'elles, et j'aurai tous les jours des nouvelles aussi tristes à te mander ».

AU SUBLIME SULTAN,

La malheureuse Roxane son esclave.

« L'horreur, la nuit et l'épouvante règnent dans le sérail, un deuil affreux l'environne : un tigre y exerce, à chaque instant, toute sa rage. Il a mis dans les supplices deux eunuques blancs, qui n'ont avoué que leur innocence ; il a vendu une partie de nos esclaves, et nous a obligées de changer entre nous celles qui nous restaient. Zachi et Zélis ont reçu dans leur chambre, dans l'obscurité de la nuit, un traitement indigne; le sacrilége n'a pas craint de porter sur elles ses viles mains. Le barbare les a outragées jusque dans la manière de les punir. Il leur a infligé ce châtiment qui commence par alarmer la pudeur, ce châtiment qui met dans l'humiliation extrême, ce châtiment qui ramène, pour ainsi dire, à l'enfance; leurs cris firent retentir les voûtes de leurs appartemens ; il nous tient enfermées chacune chez soi; et quoique nous y soyions seules, il nous y fait vivre sous le voile; il ne nous est plus permis de nous parler; ce serait un crime de nous écrire, nous n'avons plus rien de libre que les pleurs.

» Une troupe de nouveaux eunuques est entrée dans le sérail où ils nous assiégent nuit et jour; notre sommeil est sans cesse interrompu par leurs méfiances feintes, ou véritables. Ce qui me console, c'est que tout ceci ne durera pas long-temps, et que ces peines finiront avec ma vie; elle ne sera pas longue, cruel sultan, je ne te donnerai pas le temps de faire cesser tous ces outrages (1) ».

De là l'esclave conduisit les chevaliers aux appartemens de l'infortunée Roxane; elle venait de finir une lettre à son tyran. La fureur se peignait dans ses regards, ses cheveux épars tombaient en désordre sur son sein palpitant. Du

---

(1) Lettres persanes.

poison se trouva devant elle ; l'eunuque nageant dans son sang, expirait à ses pieds : à leur aspect, elle tressaillit, et d'un air menaçant, leur présenta un poignard ensanglanté.

Malheureuse sultane ! s'écria Firnos, ce titre vous avilit pour la dernière fois, ne confondez pas vos amis avec vos ennemis. Les chevaliers du Phénix, défenseurs nés des droits de votre sexe, vous déclarent libre et sous la protection de leur ordre.

Roxane cependant ne donna aucun signe de joie ; elle regarda les chevaliers dans un morne silence, et permit au prince de parcourir une lettre qui se trouvait ouverte sur la table.

« Oui, je t'ai trompé, j'ai séduit les eunuques, je me suis jouée de ta jalousie, et j'ai su, de ton affreux sérail, faire un lieu de délices et de plaisirs.

» Je vais mourir, le poison va couler dans mes veines ! car que ferais-je ici, puisque le seul homme qui me re-

6

tenait à la vie n'est plus? Je meurs, mais mon ombre s'envole bien accompagnée, je viens d'envoyer devant moi ce gardien sacrilége qui a répandu le plus beau sang du monde.

» Comment as-tu pensé que je fusse assez crédule pour m'imaginer que je fusse dans le monde pour adorer tes caprices; que pendant que tu te permets tout, tu eusses le droit d'affliger tous mes désirs? Non, j'ai pu vivre libre dans la servitude, j'ai réformé tes lois sur celles de la nature.

» Tu devrais me rendre grâces encore du sacrifice que je t'ai fait, de ce que je me suis abaissée jusqu'à te paraître fidèle, de ce que j'ai lâchement gardé dans mon cœur ce que j'aurais dû faire paraître à toute la terre, enfin de ce que j'ai profané la vertu, en souffrant qu'on appelât de ce nom ma soumission à tes fantaisies ».

— « Ne me jugez pas indigne de votre généreux secours, dit Roxane revenue de sa stupeur, quoique la vivacité de mes remercîmens ne réponde pas à la grandeur de vos bienfaits. La vie et la liberté seraient des dons inestimables, mais ils se sont trop fait attendre pour moi. J'eus le plus chéri des amans, je l'ai vengé, et il ne me reste plus qu'à pleurer sa mort. Voyez ce scélérat; je n'avais d'autre satisfaction que celle de le tromper. Ma conduite fut si régulière, j'étais si soumise, (combien cet aveu m'humilie!) que je méritai son approbation et ses éloges : mais je ne pouvais souffrir de le voir, dans l'orgueil de son pouvoir, maltraiter les autres femmes du sérail. Ma compassion l'emporta sur ma prudence. Je fis au sultan la relation fidèle de ses cruautés ; il intercepta ma lettre, et de ce moment, ses espions ne cessèrent d'avoir les yeux ouverts sur moi. La nuit dernière, on surprit un homme dans mon appartement, c'était l'amant de mon cœur; il savait estimer notre sexe,

Il avait vu le jour en Europe, dans un pays où les femmes sont libres ».

Firnos cherchait en lui-même à quelle contrée de l'Europe pouvait convenir ce trait, lorsqu'un bruit confus vint frapper ses oreilles, et qu'un corps de Nairs lui amena un homme qu'on aurait cru avoir exhalé le dernier soupir, s'il ne se fût écrié : — « Elle vit, ah! Roxane vit encore » ! — A ces mots il tombe évanoui sur un sofa. Il était dépouillé de ses habits, sa peau cruellement déchirée, les bras et les jambes meurtris par le poids de ses fers, et une douloureuse bastonnade lui avait fait enfler la plante des pieds.

Le délire de la joie s'était emparé de Roxane, et penchée sur son amant, elle avait perdu la présence d'esprit nécessaire pour le secourir. Firnos à son tour croyait reconnaître ses traits, lorsqu'il rouvrit les yeux à la lumière, avec cette exclamation : — « Firnos ! O cieux, où suis-je » ! et il retombe en défaillance. — Oui, c'est lui-même, c'est Degrey. — Lorsqu'il eut entièrement repris l'usage de ses sens, rien ne put égaler ses transports, que les transports de Firnos et de Roxane.

Degrey ayant reçu à Rome, du chevalier de Malte, toutes les instructions qu'il pouvait lui donner, avait continué sa route jusqu'à Bagdad : mais sa sœur ayant changé de maître, il suivit ses traces jusqu'en Perse, où toutes ses recherches à Ispahan furent infructueuses. Il découvrit enfin qu'une Européenne était entrée dans le sérail du sultan de Candahar. Pour obtenir des lumières sur l'intérieur de sa prison, il avait feint de l'amour pour une des sultanes, et les qualités peu communes de Roxane convertirent bientôt en une véritable passion cette liaison qui n'était d'abord qu'une intrigue formée par la politique.

« Courage, dit-il, en apprenant le motif de cette expédition, j'en accepte l'augure , et le succès est infaillible. C'est ma sœur, c'est Emma Degrey. Je ne l'ai pas vue, mais il serait déplorable que le merveilleux événement qui nous réunit, ne soit arrivé qu'en faveur d'une étrangère ».

Alors il se leva, et voulut aider aux recherches commencées, mais il ne put s'affermir sur ses pieds douloureux ; les forces lui manquèrent, il retomba dans les bras de Roxane.

Cependant les premiers rayons du soleil doraient le faîte des murs du sérail, et pénétraient dans les cours silencieuses et ses sombres jardins. Chaque appartement ressemblait à une prison. On l'appelait le palais des délices ; mais il n'était que l'odieux séjour de la servitude, jamais on n'y respirait l'air pur de la liberté: toutes les fenêtres étaient fermées de grilles redoutables, contre lesquelles l'amour eût en vain frappé de ses ailes.

Les promenades n'offraient qu'une

ennuyeuse uniformité; les arbrisseaux taillés avec art avaient perdu la riche parure de la nature; aucun n'était parvenu à son parfait accroissement. Les oiseaux fuyaient loin de leurs branches tronquées, qui ne leur présentaient aucun asyle contre les ardeurs du jour. Nulle part on ne pouvait s'y soustraire à l'importune curiosité des eunuques; aucune cascade ne réjouissait la vue par la chute de roches en roches de ses eaux écumantes. Point de ruisseau qui, en serpentant avec un doux murmure, roulât ses ondes argentées dans le fond d'un riant vallon. Le goût dépravé du despotisme, qui voudrait pouvoir soumettre à sa verge de fer tous les dons de la nature et les élémens même, avait placé à des distances combinées des fontaines mesquines, qui, à certaines heures, et pour le plaisir de quelque sultane favorite, formaient de puérils jets d'eau.

Cependant les esclaves du sérail ont

mis bas les armes, et se rendent à discrétion. Il n'y a qu'un petit nombre de morts tombés sous les coups des vainqueurs, et qui mordent la poussière, noyés dans leur sang. Firnos marche à la tête de ses chevaliers, vers les dortoirs du harem; mais les eunuques se sont cachés: ces guerriers frappent en vain aux portes. Au bruit des armes, les femmes éperdues s'enveloppent de leurs draps. Enfin les portes tombent, les chevaliers parcourent ces longues galeries où les victimes de la jalousie mahométane ne goûtent peut-être de bonheur que dans leurs songes. Un rang uniforme de lits en occupe les deux côtés, et donne à ce lieu l'air d'un hôpital. Chaque sixième lit est celui d'une matrone chargée de surveiller la conduite de ses jeunes voisines, et de prévenir des excès qui révolteraient la nature, et auxquels entraîne une contrainte qui ne la révolte pas moins.

Mais cette contrainte touche à son

terme. Qui pourrait peindre la joie que leur inspire cette révolution inespérée? On les prie, (quelle douce harmonie dans cette expression, pour des oreilles qui, jusqu'alors, n'avaient entendu que la voix sévère de la plus insolente autorité!) on les prie de s'assembler dans le jardin; sept cents femmes, ou épouses, ou concubines, ou esclaves, obéissent avec empressement; elles passent sous l'étendard du Phénix, et on proclame leur liberté.

Cependant une femme fait signe à quelques chevaliers; on la suit sans lui faire aucune question: elle les conduit aux lieux des supplices. Une porte de fer tourne, en frémissant, sur ses gonds. Là, règnent la faim et un lugubre silence; des fenêtres, auxquelles ne peut atteindre la curiosité, interdisent toute diversion à l'ennui; à peine laissent-elles un faible accès à la lumière du jour, et permettent-elles d'entrevoir quelques sentences d'une morale désespérante, inscrites sur les murs. Peu de sultanes, que des fautes légères ont condamnées à ce séjour de privations et d'horreur, ont appris à lire, ou bien, par des maximes si tyranniques, on serait parvenu à éteindre toute énergie dans leur âme. En les parcourant, la plus vive indignation s'empare des chevaliers.

« Dieu a dit à Mahomet : Fais attendre les embrassemens à tes femmes..... Recherche celle qui te plaît davantage, et quand tes dispositions t'y invitent.... Tu ne dois rien à celle que tu négliges.... Cette conduite les tiendra dans le calme et l'harmonie, elles seront soumises, et se féliciteront des bontés dont tu daigneras les honorer.

» Tes femmes sont les domaines que tu peux mettre en culture ou laisser en friche, selon ton bon plaisir.

» Sachez que le Tout-Puissant créa les femmes pour les plaisirs et pour le malheur des hommes.

» Le prophète a dit : Je ne laisserai

pas aux hommes des maux pires que leurs femmes ; et le sage : Je laisse souffrir la faim à mes filles, afin qu'elles ne s'enorgueillissent pas; je leur ôte leurs habits pour les empêcher de sortir.

» Aristote vit passer un groupe de femmes : Voilà, dit-il à ses disciples, les anges de la mort ».

Les chevaliers avaient à peine jeté les yeux sur ces maximes de la politique mahométane, que les belles captives attirèrent toute leur attention. Leur délivrance avait été si soudaine et si inespérée, que la plupart se trouvaient absolument nues; mais comme les filles d'Ève sont peu d'accord dans leurs idées sur la modestie et la pudeur, celles qui, dans le moment, ne purent se saisir de leur voile, cachant leur visage de leurs mains, exposaient naïvement, aux yeux de leurs protecteurs, les charmes même que la Vénus de Médicis aurait été la plus empressée à leur dérober.

Zachi et Zélis ont déjà vu s'ouvrir les portes de leur prison; déjà Zélis a mis son voile en pièces. Le chevalier qui l'avait délivrée voulut s'y opposer; il avait ambitionné de porter ce voile en écharpe, comme un trophée de sa victoire.

Mais l'Anglaise n'a pas encore paru. En vain on multiplie les recherches de tous côtés, depuis plusieurs jours on ignore ce qu'elle est devenue, personne ne l'a vue. On arrache les eunuques de leurs asyles; mais ni menaces ni promesses ne peuvent les faire parler. Leur chef seul eût pu donner des lumières; mais la mort a fermé sa bouche pour jamais. On visite, sans succès, les lieux les plus secrets du sérail; Degrey frémit d'impatience, il n'est pas en état de chercher lui-même sa sœur: Roxane fait tous ses efforts pour le consoler.

La nuit avait déployé ses sombres voiles; quelques guerriers faisaient la garde, les autres s'occupaient à initier leurs jeunes protégées dans la doctrine de Samora : jamais écolières n'eurent tant d'ardeur pour apprendre. Ces missionnaires zélés firent, dans une nuit, sept cents prosélytes. L'épée de Charlemagne ou l'éloquence de saint Boniface n'obtinrent jamais de succès aussi merveilleux ; un harem tout entier converti, et seulement quelques gouttes de sang répandues...

Firnos ayant fait à Degrey le récit de la découverte d'Osva, et l'ayant flatté de l'espoir de pouvoir aussi retrouver sa sœur, le laissa avec Roxane, et alla promener ses rêveries dans les jardins. Il préféra la solitude à tous les charmes de la musique, car tout le palais était livré à la joie et aux plaisirs. Rien n'interrompait ses méditations, rien ne s'agitait autour de lui que son ombre ; aucun bruit ne se faisait entendre que celui des fréquens soupirs que lui arrachait le tendre souvenir de sa mère.

Enfin, l'approche de quelqu'un fixa

son attention. Une figure passa près du banc où il était assis, et il crut avoir remarqué une lumière qui s'échappait de dessous son manteau. Cet air de mystère piqua sa curiosité, il la suivit.

Il arriva, sur ses pas, à une tour tapissée de lierre, qui était à l'extrémité du jardin. La lune brillait à travers ses ruines, le hibou eût pu la choisir pour retraite, car rien n'annonçait une habitation humaine. La figure s'y introduisit par une porte vermoulue, et le prince, après un court intervalle, y entra à sa suite. Déjà elle était parvenue jusqu'à la moitié d'un escalier tournant, et les pierres détachées, dont un écho sourd répétait la chute, indiquaient sa marche. Le prince monte l'escalier au milieu des ténèbres; tantôt une fenêtre étroite, pratiquée dans le mur, laissait percer un rayon de la lune à travers ses barreaux croisés; tantôt il se retrouvait dans la plus profonde obscurité. Il était près de tomber, mais il se saisit d'une corde qui, à défaut de balustrade, lui servit de conducteur; il la suivit sans savoir où elle le menerait. Il arrive enfin au sommet de l'escalier, qui donnait sur une galerie; à son extrémité, il reconnut la figure, qui, ayant déposé sa lanterne, ouvrit un dernier cadenat qui fermait une énorme porte de fer. Le prince n'eut que le temps de remarquer que c'était une femme. Elle entra et referma la porte sur elle avec toutes les précautions possibles.

Le prince était alors environné des ombres les plus épaisses; il ne put ni se retirer ni avancer : il avait lâché la corde protectrice de son retour, et il se souvint d'avoir aperçu plusieurs trous dans le parquet, qui pouvaient devenir pour lui autant d'abîmes. Malgré le froid qui le pénétrait, il fallait attendre la renaissance du jour, lorsqu'il entendit de nouveau tourner la clef dans la serrure. — « Un moment, dit une voix, ma lumière est éteinte; votre Fatime brûle de la même impatience que vous ». — Et quelqu'un, qu'il conjectura être la même personne, passa à côté de lui, en cherchant son chemin à tâtons, et descendit l'escalier. Il se rappela que Fatime était la mère du sultan, qu'elle exerçait sur son fils un empire absolu, et était l'âme de toutes les intrigues du sérail. Il se flatta que cette aventure pourrait mener à quelque découverte importante; peut-être même qu'Emma Degrey se trouvait enfermée dans cette tour. En sondant le terrain avec son épée, il arriva enfin à la porte de fer. Il entra dans un appartement éclairé par de grandes fenêtres, quoique grillées; et la lune, en ce moment, dans sa plus haute élevation, lui fit voir, à son grand étonnement, un ameublement dans le goût moderne; il entendit les pas de Fatime, et se déroba derrière un paravent.

Fatime, étant entrée, referma la

porte, et, s'approchant de la table, elle alluma deux bougies. La curiosité du prince fut à son comble, en apercevant des rafraîchissemens servis en argenterie, et une bouteille placée entre deux gobelets d'or.

La sultane tire les verroux d'une porte intérieure qui s'ouvre, et un homme en habit d'esclave se précipite entre ses bras. Sa figure est mâle, et malgré sa haute taille bien proportionnée, tous ses muscles expriment la force; ses traits, quoique sans harmonie, sont cependant agréables; il porte dans ses regards une franchise plus prévenante que la beauté: mais peut-être qu'un long emprisonnement a flétri son teint, et a plus altéré sa bonne mine que leno mbre des années. Il paraît en avoir quarante révolues. Il e présente avec confiance, et malgré son vil costume, ses manières respirent l'aisance et la dignité d'un rang distingué.

« Ah ! sultane, dit-il, avec quelle impatience n'ai-je pas attendu votre retour ! venez-vous m'annoncer ma liberté et rompre mes chaînes » ?

« — Je vais adoucir les rigueurs de votre captivité, vous faire jouir de tous les agrémens, soulager vos peines, vous aimer ».

Elle dit, et déjà, sur un sofa de pourpre, elle l'invite à prendre place à côté d'elle sur les coussins les plus élastiques. C'est une des plus belles femmes de la Perse : son cœur palpitant brûle d'un feu qui étincelle dans ses yeux, et colore ses joues du plus vif incarnat. Pauvre Firnos ! quel rôle que celui d'être témoin passif des plus doux ébats de l'amour !

Tel était le mot de l'énigme qui avait intrigué tous ses frères d'armes. Une femme du tempérament de Fatime ! pourquoi avait-elle rejeté les avances de tant d'aimables cavaliers ? Fatime avait déjà le cœur prévenu

Les plaisirs de la table succèdent à ceux du sofa. Fatime offre à son amant tout ce qu'il y avait de plus exquis, et lui présente le gobelet ; mais il est plongé dans une profonde rêverie. Elle fait tous ses efforts pour dissiper sa mélancolie ; il ne répond que par de longs soupirs.

« Ma captivité doit-elle donc être éternelle ? ne dois-je jamais sortir de ces murs ? encore, si j'étais la seule victime ! vos caresses pourraient alors alléger le poids de mes fers : mais la liberté, la vie même peut-être d'une autre personne dépend de la mienne ; une personne dont l'existence est si précieuse, que chacun de ses momens est préférable à des années entières de la mienne propre. Elle était mon amie, ma protectrice ; ne serai-je donc jamais instruit de son sort ? le sultan a-t-il consenti que mon affaire fût remise entre les mains du consul anglais » ?

FATIME.

« Mon cher Lacy, d'après les preuves multipliées de ma tendresse, vous ne pouvez pas en douter. Vous pourriez me confier le véritable nom de votre nation. Ecoutez-moi, Lacy, écoutez-moi sans impatience ; j'ai exposé votre situation à mon fils, mais il doute que vous soyiez Anglais. A votre arrivée ici, vous vous donnâtes pour un Persan, et vous n'avez avoué que vous étiez Européen qu'au moment où on vous arrêta. Vos réclamations lui paraissent une misérable évasion. — Dites-moi, ma chère mère, m'a-t-il demandé, quelle raison vous avez pour le croire Européen ? vous a-t-il jamais raconté quelque particularité de sa famille, quelques événemens de sa vie ? vous a-t-il appris pourquoi il a quitté sa patrie ? — Quelle réponse pouvais-je lui faire ? vous avez si souvent refusé de satisfaire ma curiosité » !

Le nom de Lacy avait excité toute l'attention de Firnos. C'est ainsi que s'appelait l'Anglais qui avait accompagné sa mère, lorsqu'elle abandonna son pays pour entreprendre son fatal voyage. Le prince se flatte que c'est le même étranger qu'il entend, quoiqu'il ne l'ait pas connu, n'étant encore qu'un enfant à l'époque de leur départ. Sans doute la protectrice dont il déplore le sort est Agalva elle-même. Il ne sait ni quelle idée adopter, ni à quel espoir s'attacher. Il a cependant la précaution de rester invisible.

LACY.

» Eh bien! je vais m'expliquer, quoique le souvenir de ce que je fus et de ce que j'espérais devenir, doive rouvrir toutes les plaies de mon cœur. Mais née et élevée dans un harem, vous n'êtes pas instruite des usages et des opinions de l'Europe : plusieurs incidens de mon histoire vous paraîtront inintelligibles ».

FATIME.

« Non, vous oubliez que ma mère était Vénitienne. Elle n'a jamais perdu l'espoir de revoir l'Europe. Elle avait beaucoup voyagé, et se faisait un plaisir de me donner une idée des différens pays qu'elle avait visités ».

LACY.

« A la mort du comte d'Héreford, mon père, je devins pair d'Angleterre. J'étais alors à l'école de Westminster. Je n'ai jamais fait ma cour aux Muses. Le *Gradus ad Parnassum* se trouvait rarement entre mes mains ; mais grâces à mon pain et à mon beurre, à mon thé et à mon sucre, j'avais un ami meilleur poète que moi, et j'étais toujours en état de présenter des devoirs assez médiocres, à la vérité, à notre précepteur. Mais d'un autre côté, j'excellais dans tous les exercices du corps. Peu d'officiers de la garde du roi m'étaient supérieurs au billard ou à la paume ; et lorsque je devais jouer, la cour était toujours remplie de dames. Mais, pardon, j'oubliais que vous étiez Persane et ne savez ce que c'est qu'un billard, ni un jeu de paume, ni un *Gradus ad Parnassum*, et il est inutile de vous en donner l'explication. Je passe à mes galanteries qui vous intéresseront davantage; mais n'oubliez pas que j'étais milord, et un des plus jolis garçons du collége. Oh! comme je regardais tout le monde avec dédain, dans les rues de Londres.

» Mais peut-on décorer du nom de galanterie quelques basses intrigues et quelques aventures arrivées dans de mauvais lieux? A quatorze ans, une laitière me désigna comme le père d'un enfant que lui avait fait un jardinier de vingt-quatre; et un soir ayant, à moitié gris, partagé le lit d'une coureuse, le lendemain je m'éveillai dans les bras d'une négresse. Ma mère était dans l'usage, à l'ouverture des vacances, de payer mon mémoire chez un épicier près de l'école. Le bonhomme avait nouvellement épousé une femme jeune et belle. Doué d'une effronterie à toute épreuve dont je faisais gloire, je me rendis chez lui. — Tu as assez d'esprit, lui dis-je, pour être cocu; cède-moi ta femme pour une nuit, tu pourras porter cet article dans ton mémoire, et ma mère l'acquittera comme une fourniture de thé et de sucre. Cet homme s'avisa de se fâcher; il en avait le droit, et me menaça d'un coup de poing. Je le rossai si honnêtement, qu'il m'intenta un procès qui me fit retirer de l'école.

» On m'envoya dans une université anglaise. Une fois, dans un moment de gaîté, on nous surprit, moi et quelques autres étudians, enlevant une fille dans une corbeille par une de nos fenêtres. Cette malheureuse fut mise dans une maison de force, et moi, on me congédia comme le principal acteur de l'aventure.

» Mon tuteur crut que j'avais fait assez de sottises dans notre île ; il me fit passer sur le continent pour y porter le scandale de ma conduite. J'arrivai à l'université de Leipsick le plus déterminé des libertins. Je portais un chapeau dont les bords retroussés avaient plus d'une aune de hauteur, une queue sur laquelle je pouvais m'asseoir, et des bottes semblables à des barils d'huîtres. Je me battis au sabre toutes les semaines, bientôt je fus en état de vaincre dans les cabarets à bière tous les étudians de la Westphalie ; et c'était un de mes plus beaux exploits de fumer du tabac jusqu'à l'extinction de toutes les lumières.

» Tel était mon genre de vie, à cette fameuse académie, lorsqu'un de mes compatriotes y parut. Les Allemands convinrent de n'avoir jamais vu d'Anglais plus aimable ; les jeunes Français déclarèrent qu'il devait avoir passé au moins quelque temps à Paris. Fitz-Allan, c'était son nom, me rendit une visite. Sa politesse l'empêcha de me montrer tout le mépris dont il était sans doute pénétré pour moi. Les professeurs nous comparèrent l'un à l'autre, le résultat du parallèle ne fut pas en ma faveur : mais je le donnai, lui et tous les professeurs, à tous les diables, et je le méprisai trop souverainement, comme un petit maître français, pour lui en savoir mauvais gré. D'ailleurs, nous ne nous rencontrions que très-rarement. Pendant qu'il brillait dans les premiers cercles, je conduisais, moi, une petite grisette qui faisait les lits dans notre pension, à tous les cabarets et à toutes les fêtes du voisinage ; moi, le comte d'Héreford, j'étais le rival heureux d'un garçon cordonnier.

» Cette fille avait une sœur qui était femme-de-chambre de la fille d'un de nos professeurs. Je découvris par elle qu'il se tramait un complot chez son maître pour surprendre Fitz-Allan entre les bras de la demoiselle et le forcer à l'épouser : je l'en avertis. Quoiqu'il s'amusât volontiers avec elle, il s'indigna de l'idée d'une telle mésalliance, et ne respira plus que vengeance.

» Elle lui donna un rendez-vous : je lui offris mes services ; et pendant qu'il se glissait auprès de son amante, je demeurai en sentinelle dans le jardin avec son valet.

» Le professeur qui avait feint de partir pour une ville voisine, revint bientôt, comme il en était convenu, avec un ministre ; nous leur mîmes le pistolet sur la gorge, en les menaçant, s'ils faisaient un pas, de les tuer.

» Cependant Fitz-Allan avait reçu de la demoiselle le plus brillant accueil ; la vanité et l'amour étaient ses premiers mobiles, et elle espérait bien leur faire obtenir un triomphe complet. Rien ne manqua au bonheur des deux amans. La perfide attendait à chaque instant qu'on vînt là surprendre; mais Fitz-Allan la quitta avec sa politesse ordinaire, comme s'il n'eût rien soupçonné, et nous rejoignit au jardin.

» Alors nous menaçons le professeur de le rendre la fable de toute la ville; il était près de mourir de honte, lorsque, sur sa parole de donner sa fille, avec une bonne dot, au pasteur qui, malgré qu'elle eût anticipé sur les droits du mariage, s'offrit de l'épouser, nous promîmes de garder le silence: ainsi une fille qui, dans nos bals, avait été trop fière pour danser avec d'autres que des comtes et des barons, fût obligée de se contenter d'être toute sa vie la chère moitié d'un pasteur.

» Cependant Fitz-Allan lui avait fait goûter tant de plaisir cette nuit, qu'elle ne lui sut aucun mauvais gré de la tournure que les choses avaient prise; et comme elle continua de lui faire des avances, il fit de son mieux pour la dédommager pendant son séjour à l'université.

» Cette affaire nous lia d'amitié, Fitz-Allan et moi. Son exemple me tira de la mauvaise compagnie ; malgré l'opposition de nos penchans, nous étions inséparables. Moi qui portais l'effronterie à l'excès, dans un lieu de débauches, j'étais dans la bonne société de la plus grande gaucherie ; embarrassé de ma personne, j'avais besoin des encouragemens de Fitz-Allan pour vaincre ma mauvaise honte. Il était l'oracle du bon ton, son amitié me servait d'égide : mais quelle différence dans l'accueil qu'on nous faisait ! Toutes les femmes n'étaient occupées que des moyens de s'attirer ses regards ; moi, j'étais à peine toléré dans leurs brillans cercles : mais je ne me décourageai point, j'employai le même tailleur et le même perruquier ; je l'imitais, ou plutôt je le singeais en tout, et quoiqu'il m'échappât des étourderies qui excitaient sa pitié, quoiqu'on m'eût mis une nuit au corps-de-garde pour avoir maltraité une sentinelle, quoiqu'enfin j'eusse été condamné à une forte indemnité, pour avoir jeté un garçon d'auberge par la fenêtre, cependant il y avait un si grand changement dans mon costume et ma conduite, que la même dame qui avait honoré Fitz-Allan du nom d'*aimable vainqueur*, m'accorda, en faveur de mon mérite, celui d'*aimable polisson*.

» Il est inutile de vous observer que depuis long-temps j'avais rendu la petite grisette à son très-cher cordonnier. La femme d'un douanier français me consola de sa perte. A la recommandation de Fitz-Allan, elle m'avait initié aux mystères de sa toilette.

» Fitz-Allan ayant été brusquement rappelé en Angleterre, je le priai de me céder la Jeunesse, son valet français. — « Qu'il vous suive, me dit-il, c'est mon dernier legs ; c'est un trésor préférable à cinquante gouverneurs ». — Après son départ et quelques jours d'ennui à Leipsick, je partis moi-même pour Berlin.

» Les routes prussiennes n'étaient point faites pour ma voiture anglaise ; une des roues se brisa, et nous versâmes. — « A quelle distance sommes-nous de la poste ? demandai-je. — A trois pipes de tabac », répondit le postillon.

» Je laissai à un domestique le soin de la voiture, et me rendis à pied au premier village. Il était situé sur le bord d'une rivière qui serpentait au bas d'une montagne escarpée. La position romantique d'un château bâti sur la cime me frappa, et eût charmé un amateur du genre pittoresque.

» Nous entrâmes dans un cabaret. L'hôte, sa femme, ses servantes et ses valets plongeaient leurs fourchettes dans un énorme plat de chou-croûte, le seul comestible dont la maison fût approvisionnée. Point de lit qui ne fût déjà occupé; un garçon tailleur et un comédien ambulant devaient coucher sur la paille; on nous invita à en faire autant; mais une épaisse fumée de tabac remplissait la chambre, et un grand nombre de paysans jouaient aux dez dans un coin. Belle perspective de repos pour cette nuit! Je résolus de continuer ma route jusqu'à la poste.

» Mais en apprenant que nous étions Anglais, le visage de la cabaretière se dérida, elle me dit que le château que j'avais vu sur la montagne était habité par un de mes compatriotes, et m'engagea d'y aller demander l'hospitalité... — « Cela ferait tant de plaisir à monsieur le comte! ajouta-t-elle, c'est le meilleur homme que le bon Dieu ait créé, et madame la comtesse est un ange. Elle nous a fait tant de bien! Quand nous sommes malades, elle nous fournit des remèdes à ses frais; elle a habillé nos enfans, et le dernier hiver qui fut si rude, elle a fait distribuer de la soupe aux pauvres; mais bientôt il n'y en aura plus, si leurs excellences occupent long-temps cette seigneurie ».

« Je n'aimais pas à m'introduire chez des étrangers, et je ne pouvais me résoudre à monter au château, lorsqu'un gentilhomme, suivi de ses gardes-chasse et de ses chiens, s'approcha. Toutes les villageoises, sur les portes de leurs chaumières, lui firent de profondes révérences. Tous les villageois ôtèrent leur chapeau. Les enfans coururent à lui pour baiser les pans de son habit. En passant, il adressa quelques mots de bienveillance au cabaretier qui lui parla à l'oreille ».

« Monsieur, me dit-il, en me saluant, je suis du pays de Galles; j'espère un jour pouvoir pardonner aux Anglais leurs injustices, mais rien ne me fera méconnaître les devoirs de l'hospitalité qui distingue les Gallois. Soyez le bienvenu chez moi ».

« L'originalité de cette invitation piqua ma curiosité : je l'acceptai, et l'accompagnai au château. Son épouse me reçut avec la plus grande cordialité : elle était si charmée de voir un Breton! Elle était habillée de blanc, avec toute la simplicité d'une Anglaise. Sa figure était élégante, ses traits réguliers; elle était encore dans son bel âge, et les traces des soucis qui sillonnaient son front, ne la rendaient pas moins intéressante. Un groupe d'enfans, beaux comme des anges, qui, à notre arrivée, avait jeté ses livres, vint se placer autour de la table à thé. Les murs de l'appartement étaient à l'anglaise; et il régnait partout une si grande propreté, que je pouvais me croire vraiment en Angleterre.

» Le lendemain je fis avec mon hôte le tour de ses domaines, pour voir tous les changemens qu'il y avait faits. Mais après le dîner : « Sans doute, me dit-il, vous devez être curieux d'apprendre, ce qui a pu déterminer un Gallois à s'établir dans le Brandebourg. Je vais prendre mon fusil, et faire un tour de deux heures ; je vous laisserai avec ma femme qui vous racontera notre histoire; car quand je pense à notre position et à l'absurdité de vos lois, mon sang gallois s'échauffe, et je prodigue aux deux chambres de votre parlement des épithètes qu'un pair héréditaire d'Angleterre ne doit pas entendre ».

« Mais, ma chère sultane, continua Lacy, en passant son bras autour de Fatime, vous trouvez peut-être mon histoire assez ennuyeuse, et vous perdrez patience, si j'y fais entrer celle de tous mes amis; cependant je ne puis m'interdire quelques détails sur cette famille intéressante.

» David Morgan était l'écuyer le plus distingué du Glamorgan - Shire. Sa terre était de la plus grande étendue; et aux fêtes solennelles, le barde chantait sur sa harpe les hauts faits de ses ancêtres, et la généalogie de sa famille. Il avait un fils qui devait hériter de tous ses biens, et une fille destinée au premier amant qui offrirait de l'épouser sans dot. Parmi les gentilshommes de la province, qui l'accompagnaient à la chasse, et l'aidaient à boire sa bière, était Owen Tudor. Quoique sa maison fût illustre, son patrimoine était très-borné; mais il ne cherchait pas à l'augmenter. Il eût, avec indifférence, attendu la mort dans les lieux où il était né, respecté de la noblesse des environs, et idolâtré par les vassaux de son petit domaine. Il vit Génifrède Morgan, et la demanda en mariage à son père, qui lui ordonna de le regarder comme son époux.

» Elle fut d'abord insensible à son mérite, mais bientôt il sut toucher son cœur; leur attachement devint réciproque, et leur union ne fut différée que jusqu'au retour de son frère, qui voyageait sur le continent. Ce frère se tua à

Nancy, en s'échappant par la fenêtre, des bras d'une dame, et Génifrède se trouva une des plus riches héritières de la principauté : mais son père qui, lorsqu'elle était sans fortune, s'en serait si volontiers débarrassé, comme on se défait d'une marchandise avariée, se décide alors à ne la donner qu'à l'opulence. Il veut donc rompre des amours qu'il a lui-même favorisés, et mène sa fille à Londres, pour attirer, par ses grands biens, quelqu'époux aussi riche qu'elle.

» M. Flint, qui l'avait très-souvent vue chez son père, sans avoir été frappé de ses charmes, les trouve irrésistibles, maintenant qu'elle jouit de tous les dons de la fortune, et la suit à la capitale. Il est proposé par le père à sa fille ; elle résiste, parce qu'elle se croit engagée avec Tudor par tous les liens de l'honneur et de l'amour ; mais ses larmes, ses soupirs et ses représentations ne sont point écoutés ; son père entre dans sa chambre, le pistolet à la main, et menace de se brûler la cervelle, si elle refuse de souscrire à ses volontés. Elle aime son père; et dupe de sa fureur simulée, elle renonce au bonheur de sa vie.

» Tudor se livrait à l'agriculture, et cherchait à l'oublier en labourant son petit patrimoine, lorsqu'il y découvrit une mine de cuivre qui le rendit tout à coup un des plus riches seigneurs de la province; mais il est inconsolable, rien ne peut le tirer de l'affliction, où le plonge la perte de sa chère Génifrède.

» Cette infortunée avait épousé un tyran brutal. On habite sous le même toit, pour se quereller; on ne se rencontre à table, que pour se bouder ou affecter un silence dédaigneux; et nul espoir de voir naître des enfans de cette union. Le vieux Morgan se désole de n'avoir point d'héritier : il se repent de sa conduite envers Tudor, le riche Tudor. Il lui tend la main, une réconciliation est le fruit de cette démarche, leur ancienne amitié renaît; Génifrède, maltraitée par son mari, cherche un asyle auprès de son père; les amans se réunissent: à la vue de Tudor, Génifrède fait éclater toute sa tendresse, et elle oublie dans ses bras son fatal mariage.

» Flint se ruine au jeu. Le vieux Morgan ne peut plus supporter sa vue, et ne veut pas lui permettre de toucher à la dot de sa fille. Flint se détermine au suicide, mais avec une noirceur digne de la bassesse de son caractère. Il intente un procès à son rival, pour cause d'adultère, non par délicatesse ou par point d'honneur (car il avait long-temps connivé à leur liaison), mais afin de l'empêcher d'épouser sa veuve: l'union de deux adultères étant défendue par les lois anglaises, son divorce est prononcé, et il se brûle la cervelle.

» Voilà donc trois victimes des lois britanniques. Le fier Morgan promène sa honte dans sa salle gothique. Il ose à peine lever les yeux sur la longue suite de ses aïeux peinte sur les murs; mais il n'a pas la cruauté de reprocher à sa fille la faiblesse qui a terni la gloire de sa maison. C'était à l'amour filial qu'elle avait sacrifié toutes ses espérances de bonheur. L'enthousiasme de sa piété lui avait inspiré cette conduite; mais elle était trop héroïque, elle était surnaturelle. L'arc trop bandé s'était rompu, et toutes les illusions de l'orgueil de son père s'évanouirent, ainsi que l'espoir d'avoir des héritiers: le seul galant homme qui pût l'épouser sans rougir, en était empêché par une loi, dont se couvre un libertin qui veut abandonner la victime de ses désirs effrénés, mais qui ne permet pas à un homme probe de réparer ses torts. Quel autre asyle reste-t-il donc à une femme divorcée, que les bras de son séducteur?

» Mais les chagrins du père sont-ils comparables aux tourmens de Tudor et de Génifrède? Il vit la bien-aimée de son cœur déshonorée à cause de lui, et bannie de la société. Tous les cercles du grand monde, dont une vaine étiquette forme toute la vertu, après l'avoir accueillie, sans se scandaliser de ses amours, se fermèrent pour elle, lorsqu'elle fut divorcée : à l'exemple des anciens Spartiates, ils n'attachaient pas la honte au crime, mais à sa publicité. Son père lui-même n'oserait peut-être plus lui accorder sa protection. Hélas ! elle était enceinte : elle prit la fuite, avec son amant, sur le continent où ils voyagèrent ensemble comme deux époux.

» Ils s'arrêtèrent dans une ville de Saxe, pour voir quelques mines célèbres. Un commis se présente pour les y conduire : un vieillard qui logeait dans la même auberge, demanda d'être de la partie. Il parut si empressé de profiter des connaissances de Tudor, qui, depuis la découverte de sa mine, s'était appliqué à la minéralogie, que celui ci fut très-flatté de cette déférence. Peut-être même avait-il remarqué, dans cet étranger, quelque chose d'extraordinaire, malgré le désordre de son costume, qui approchait de la malpropreté : son habit bleu était presqu'usé, et sa veste de casimir jaune, toute salie de tabac; il l'invita à dîner.

» Cet honnête vieillard, apprenant qu'ils allaient à Berlin, leur donna une lettre pour un de ses amis, qui pourrait, disait-il, les obliger, en leur y procurant un logement.

» Arrivés dans cette ville, ils trouvent, à leur grand étonnement, que cet ami à qui ils étaient recommandés, était un chambellan du roi. On les invite à un grand dîner où ils voient le vieillard. C'était Frédéric le Grand, qui venait de faire un voyage incognito.

» Le monarque engagea Tudor à faire présenter sa femme à la reine. Cette idée faillit faire mourir de honte la malheureuse Génifrède; mais Tudor, pendant la soirée, saisit l'occasion d'instruire le roi de leur position. — Je suis assez égoïste, répondit ce prince, pour me féliciter de votre embarras, parce qu'il peut vous décider à accepter une proposition. Je vous offre le poste de directeur des mines. D'abord, comme souverain pontife en Prusse, je vous donne l'absolution. Un de mes chapelains vous mariera demain; et si, par hasard, vous devenez dans la suite mécontent de votre union, vous trouverez assez d'avocats dans mes états, pour vous mettre à même de la rompre; il ne vous en coûtera que cinq frédérics d'or. Le divorce est le plus grand encouragement au mariage: l'homme le plus prudent n'hésitera point d'entrer dans un jardin, quand il sera sûr de pouvoir en sortir. — Voici des Anglais, dit le roi, en s'adressant à Voltaire, qui cherchent la liberté en Prusse. Dites-moi, ajouta-t-il avec un sourire malin, quel est le moyen le plus certain d'empêcher l'adultère? — D'abolir le mariage, répondit le philosophe.

» Le lendemain, l'union des deux amans fut consacrée, sans éclat, chez le chambellan. Le roi suppléa le père de l'épousée, qui bientôt après accoucha d'une fille, que la reine tint sur les fonts. Tudor, ayant vendu ses terres dans le pays de Galles, fit l'acquisition d'un beau château. Frédéric lui donna la clef de chambellan, et à la naissance de son fils, il le fit créer comte du saint empire.

» Telle est leur histoire. Elle coûta bien des larmes à la comtesse. Un jour que Tudor était allé à la chasse, c'était l'anniversaire de sa fuite du pays de Galles, je la trouvai dans son cabinet; elle s'y était retirée, pour se livrer en liberté à sa mélancolie. Une cassette était devant elle sur une table: croyant qu'elle renfermait ses pierreries, je l'ouvris; mais en quittant sa patrie, la fière et tendre Génifrède avait rendu à la famille de son premier mari les joyaux qu'elle en avait reçus, et avait rempli cette cassette de la terre du lieu de sa naissance. C'était là la plus précieuse de toutes ses reliques; elle ne pensait jamais, sans soupirer, aux montagnes du Glamorgan-Shire.

» L'amitié de cette famille intéressante me détermina à changer de route. La santé de la comtesse exigeait qu'elle prît les bains de Carlsbad. J'étais charmé de leur société, et je les y suivis. Le comte était généralement connu et estimé en Allemagne. J'eus l'avantage d'être présenté, le jour même de notre arrivée, à la compagnie la plus distinguée qui se trouvât aux bains. Le prince de Rosemberg-Brandenstein nous combla de politesses, et voulut que nous fussions de la société de la princesse. Je découvris depuis que c'était pour engager le comte à entrer à son service. Ainsi les étrangers s'empressaient de rechercher des talens, que les préjugés de la Grande-Bretagne ne lui avaient pas permis d'employer au service de sa patrie. Pour moi, je n'avais des yeux et des pensées que pour la princesse, et me voilà encore une fois éperdument amoureux, sans avoir le courage de me l'avouer à moi-même.

» Mon penchant cependant n'échappa point à l'œil pénétrant du prince; il me prit en particulier, et sans préambule, il m'en accusa nettement. Je crus qu'il cherchait querelle, et je mis l'épée à la main. — Vous êtes souverain, lui dis-je, mais moi je ne suis pas votre sujet. Autrefois, un pair d'Angleterre pouvait marcher l'égal d'un prince d'Allemagne; et quoique nous ayions perdu quelque chose de notre considération, je n'en suis pas moins toujours gentilhomme, et je porte une épée.

» Que vous pouvez laisser reposer fort tranquillement dans son fourreau, me répondit-il avec son sang-froid ordinaire; je cherchais partout un jeune homme de votre caractère, et ne voulais que vous mettre à l'épreuve. D'abord, ne me niez pas que vous soyiez amoureux de la princesse : jeune homme, je n'aime pas la contradiction! Ensuite, dites-moi, sur votre honneur, si vous lui avez déclaré votre passion ? — Je l'assurai que non. — Tant mieux, me dit-il, vous aurez toujours le temps de le faire.

» Cela piqua ma curiosité. Je ne pouvais concevoir quel serait le dénoûment de cette aventure. « Eh bien! sachez donc, me dit-il, que mon frère s'avise de s'immiscer dans les affaires de mon gouvernement : ma cour et tous mes sujets se tournent vers lui, comme vers le soleil levant. On croit que je ne suis plus en état d'avoir des enfans; malheureusement on a raison. J'en ai fait assez autrefois, pour fournir de tambours toute mon armée; mais ils n'ont pas été jetés dans le bon moule, et voyez mes jambes de fuseau; je ne puis plus me montrer sur le champ de bataille, je vous fais mon aide de camp ».

« Enfin, parce que son frère était un intrigant, il voulut que je l'éloignasse de sa succession, en mettant, entre lui et le trône, un héritier. Cette commission était très-fort de mon goût. La difficulté de faire réussir un semblable projet, ne nous effraya point. La princesse, quoique je pusse me flatter de ses bonnes grâces, n'y aurait jamais consenti : c'était une bégueule ; nous eûmes donc recours à un stratagême. Nous occupions le même hôtel, et une nuit, le prince s'étant levé, me donna sa robe de chambre de soie, à la faveur de laquelle j'allai prendre sa place à côté de la princesse : mais ce vieux garçon eut la malice de devancer l'aurore, et d'entrer dans l'appartement avec des bougies. Imaginez-vous la confusion de son auguste épouse ; elle veut s'y dérober en se cachant sous ses draps : je me jette à ses pieds, le prince éclate de rire.

»Je vous fais grâce de la scène de larmes, de sanglots et de plaintes, qui suivit bientôt : « Combien de femmes, dit-il, seraient enchantées d'un mari comme moi ! je vous laisse le soin d'appaiser cette bégueule ». Enfin j'en vins à bout.

» La politique nous força à étendre le voile du mystère sur notre commerce; et lorsqu'un mari est de moitié, il n'est rien de plus facile que de tromper le public. D'ailleurs on me fit l'honneur de me croire le sigisbé de la comtesse Tudor : son infidélité à son premier mari étant connue, on en tira la conséquence injuste qu'elle était toujours prête à se rendre à la première sommation. Il est vrai qu'elle avait autrefois connu l'adultère : mais y .. aurait aussi peu d'équité à croire toute adultère une Messaline, que tout voleur un Cartouche.

» Mon tuteur voulait que je visitasse Vienne, et mes sérénissimes amis m'accompagnèrent à la capitale des Césars modernes : mais aller de Berlin à Vienne, était passer de la lumière aux ténèbres. A Berlin, l'amour de la gloire avait fait, d'un philosophe sceptique, le père de la patrie, dont la politique éclairée aimait à laisser jouir ses enfans de toute innocente liberté. A Vienne, la bigoterie et la superstition avaient obscurci la raison et dégradé les sentimens du plus noble cœur ; et la vertueuse Marie-Thérèse, cette mère des pauvres, avait fait proclamer un édit qui rendait son sceptre plus accablant que ne le fut jamais celui d'aucun des tyrans qui ont été les fléaux de l'humanité. Le tribunal de chasteté était alors dans toute sa vigueur. L'inquisition ne fut, dans aucun temps, en Portugal, ni aussi arbitraire, ni aussi odieuse. La liberté individuelle dont jouissaient les Français et les Vénitiens, autour de la Bastille et des prisons de Saint-Marc, compensait la perte de leur liberté publique. Occupés d'intrigues de boudoirs, ils étaient indifférens à celles du cabinet. Ils étaient frivoles, mais ils étaient heureux. Il n'en était pas de même à Vienne. Là, les suppôts de cette étrange commission étaient autorisés à enfoncer les portes, à pénétrer jusque dans les appartemens, et à examiner même les lits qu'on soupçonnait de quelque souillure. Les prévarications de ces espions étaient impossibles à réprimer. Ils tramaient des complots avec des filles de joie; celles-ci attiraient de jeunes étourdis chez elles, qui, y étant surpris par ceux-là, et craignant d'être traînés pardevant le tribunal, se laissaient entièrement dépouiller, et la prostituée et l'espion partageaient le butin.

» Le gouvernement avait adopté cette fausse maxime, que le moyen le plus efficace de prévenir la prostitution et l'infanticide, et d'augmenter la population, serait de forcer l'homme accusé par une fille de lui avoir fait un enfant, ou même d'avoir eu simplement quelque liaison avec elle, à l'épouser sur-le-champ. On me nomma plusieurs hommes au-dessus du vulgaire, qui étaient devenus époux de cette manière. Leurs chastes moitiés avaient long-temps fait, de leurs charmes, des objets de contrebande; et lorsqu'ils commençaient à se flétrir, elles choisirent dans la foule de leurs amans, celui qui leur paraissait le meilleur parti, et le forcèrent de comparaître pardevant le tribunal. Que les suites de ces mariages forcés étaient terribles! La prostitution n'était plus si fréquente, à la vérité; mais les vices des couvens, et, pardonnez à ma franchise, ma chère sultane, ceux des harems minaient les fondemens de la société, et l'adultère faisait de continuels progrès. Mais ce n'était pas cette galanterie généreuse qui a tant contribué à la politesse et à l'aménité des mœurs parisiennes. Ici, il avait la bassesse et la marche rampante et timide d'un filou, et rien de cet air fier et triomphant qui caractérise un vainqueur. Partout régnait la plus sombre défiance. Les domestiques épiaient la conduite de leurs maîtres. Les enfans étaient appelés à déposer contre leurs parens, et la population languissait; car les plus habiles physiciens conviennent unanimement que l'union sans amour des deux sexes, ne produit ordinairement aucun fruit. Tandis qu'à Berlin, dans un pays stérile, elle était florissante par les soins d'un gouvernement éclairé, elle dépérissait à Vienne, au sein de là fécondité et de l'abondance.

» C'est ainsi qu'on traitait l'amour à Vienne. La nature de mes intrigues me mit à l'abri de tout danger. Je voyais les agens de la police suivre quelque jeune couple à travers les arbres et les bosquets du Prater, pour prévenir les tentations : mais moi, j'étais en pleine liberté; jamais ils n'eussent osé pénétrer dans l'appartement d'une princesse de l'empire. Cependant mon valet français fut cité devant la commission.

» Ce drôle était mon aide de camp dans toutes mes expéditions amoureuses. On (1) l'avait prévenu qu'une certaine fille se proposait d'élever quelque réclamation contre lui ; mais il jura qu'il était trop fin pour être la dupe de ces lourds Allemands. Il rencontra dans l'antichambre du tribunal, une jeune personne dont la taille annonçait clairement qu'elle cherchait un mari. La Jeunesse apprenant que son amant avait pris la fuite, et qu'elle avait peu d'espérance de devenir son épouse, lui offrit une somme honnête, si elle voulait lui attribuer sa grossesse, mais sous une date antérieure à celle de la fille qui venait de le faire citer. Elle y consentit, et le gaillard s'armant de la plus intrépide effronterie, se présente aux

---

(1) Voyages de M. Risbeck en Allemagne.

juges. Ils lui demandent s'il a jamais eu affaire à son accusatrice : il ne le nie pas. — « Elle est grosse de vous, il faut donc l'épouser ». — Mais il représente que ses droits sont très-postérieurs à ceux d'une autre qui attend dans l'antichambre. On la fait paraître. On voit, au premier coup d'œil, que sa maternité est plus ancienne que celle de sa rivale, et on décide que l'accusatrice doit se contenter d'une somme d'argent, et renoncer à toutes poursuites ultérieures. La Jeunesse voulut quitter le tribunal, en disant qu'il avait pris des arrangemens avec l'autre ; mais cette rusée coquine le nia. Alors les juges exigent qu'il produise des témoins, et la signature qui a dû légaliser ses conventions ; le pauvre diable n'en a point, et on le contraint d'épouser une prostituée qu'il voit pour la première fois. Oh ! comme nous nous moquâmes de lui, lorsqu'il revint à la maison!

» Cependant, je ne pus m'empêcher de le plaindre, et je fus si dégoûté de la jurisprudence autrichienne, que je résolus de hâter mon départ pour l'Italie, d'autant plus que la présence du prince était nécessaire dans ses états. Je versai des larmes en m'arrachant des bras de la princesse. En quittant Vienne, je félicitai les amis que j'y laissais de la belle perspective qu'ils avaient sous les yeux, et leur promis d'y revenir à la mort de l'impératrice, quand son fils, l'un des princes les plus éclairés et qui avait pris le roi de Prusse pour modèle, aurait réformé tous les abus et ferait le bonheur de ses sujets, en rendant sa capitale le séjour qui, en Europe, ne le cédait qu'à Paris en agrémens.

» Je parvins à faire monter la Jeunesse dans ma voiture; mais la peur qu'il avait de sa femme et des officiers de chasteté, l'empêcha de fermer l'œil jusqu'à ce que nous fussions en sûreté sur le territoire vénitien. Enfin, j'arrivai à Florence, où je devins le sigisbé de la marquise Orlandini.

» Cette femme estimable me sauva la vie. Ayant été attaqué de la fièvre, elle me soigna elle-même, et ne me quitta ni jour ni nuit. Elle était sans cesse au chevet de mon lit. Si un pauvre étranger tombait malade en Angleterre, une Anglaise se croirait obligée de l'abandonner à la négligence d'une garde mercenaire. Ses préjugés l'empêcheraient de remplir les devoirs du christianisme; mais cette tendre Florentine pensait plus noblement. Quand j'aurais été son époux même, elle n'aurait pu me prodiguer plus de soins. Au contraire, si je l'eusse été, elle m'aurait probablement livré à mon triste sort : car le marquis étant bientôt après tombé malade à son tour, elle ne me quitta pas pour le secourir : il mourut; et avec tout le sang froid possible, elle donna tous les ordres pour ses funérailles.

» Ma convalescence fut fort longue,

et mes forces ne se rétablissaient que lentement, lorsqu'une nuit, je tombai dans un évanouissement qui dura quarante-huit heures. Mes gens voulaient me rendre les derniers devoirs, mais la marquise s'y opposa; on ne pût pas lui persuader que je fusse mort. On eut recours à la force pour l'éloigner de mon appartement, mais elle tira son poignard et me veilla constamment.

» Concevez-vous l'horreur de ma situation? J'avais en apparence cessé de vivre; mais j'entendais parler de drap mortuaire et de cercueil. L'ouvrier se présenta pour en prendre la mesure. J'entendais tout cela, mais la force me manquait pour donner le moindre signe de vie. Enfin, je rouvris les yeux à la lumière. Ma reconnaissance et la joie de la marquise ne peuvent se peindre. Je pressai sa main contre mon cœur. Tous les jours je la voyais, et tous les jours elle me menait dans sa voiture, prendre l'air sur le Corso.

» Enfin, ma santé parfaitement affermie, je quittai la tisane, dont je n'avais pas plus besoin, que je n'avais de goût pour l'amour platonique. Un matin, je pressai la dame entre mes bras avec toute la violence d'une nouvelle passion ; mais elle me montra son habit de deuil. « Pendant la vie du marquis, me dit-elle, j'étais fière des hommages d'un aussi aimable cavalier, mais je suis veuve ; et si je deviens mère, qui sera le père de mon enfant » ? J'avais le cœur plein d'amour et de reconnaissance ; je lui offris ma main. — Comment, s'écria-t-elle, épouser un hérétique !

» Toutes mes sollicitations furent inutiles. Toute mon éloquence échoua. A peine voulut-elle me permettre de lui baiser la main. J'essayai une douce violence, mais elle quitta l'appartement, en colère. Le lendemain elle m'écrivit un billet, dans lequel elle m'avouait une tendresse plus vive que jamais ; mais elle me déclarait qu'elle ne s'exposerait plus avec moi, pendant son veuvage ; enfin elle me disait qu'elle allait s'occuper du choix d'un second mari, et qu'elle m'instruirait sur-le-champ du temps où je pourrais renouveler mes visites. Je volai à son palais; mais elle était partie pour sa campagne.

» Je repris le cours de mes voyages. M'interdire l'amour eût été défendre à mon pouls toute pulsation, ou à ma barbe de croître ; et l'enchanteresse qui survint, se trouvait dans une position encore plus désolante, non qu'il lui manquât un mari, mais elle avait épousé un monstre. J'arrivai à un petit bourg en Sicile, appartenant au duc de Monte-Dragone. On m'informa qu'il fallait, jusqu'à la première station, traverser une forêt infestée par des brigands, et que je devrais me faire accompagner. Je me moquai de cette idée; mais la Jeunesse qui, quoique toujours le premier, lorsqu'il y avait quelqu'étourderie à faire, était un peu poltron, alla, sans ordre, au château demander une escorte. La duchesse répondit qu'il y en aurait une prête pour le lendemain. Je ne voulais pas l'attendre, et je donnais le drôle à tous les diables pour son impertinence, lorsqu'une duègne, couverte d'un voile noir, se présenta et pria milord de faire à la duchesse l'honneur de souper chez elle.

» J'étais de si mauvaise humeur, que j'aurais probablement refusé l'invitation, si, par hasard, je n'eusse aperçu un médaillon au cou de la vieille : c'était le portrait de la duchesse. Je n'avais pas encore vu de figure plus céleste ; aussi me voilà éperdument amoureux, sans même connaître l'original. Je m'appaisai envers la Jeunesse, et lui donnai une chaîne de montre en or, avant qu'il eût mis la dernière main à ma toilette.

» La duchesse me reçut avec un air de mélancolie qui donnait à ses charmes un nouvel intérêt. Quelle passion bizarre que l'amour ! l'objet de ma première flamme, la douairière, n'était qu'un composé d'os et de peau. Ma princesse allemande avait de l'embonpoint, la marquise ne faisait que rire, et la duchesse était la muse affligée de la tragédie ; et cependant la maigreur et l'embonpoint, la folie et la tristesse avaient exercé sur moi, chacun à son tour, un empire irrésistible. Comme j'avais été en relation, à Naples, avec la plupart des connaissances de la duchesse, nous ne manquâmes pas de sujets de conversation ; la duègne cherchait toujours quelque prétexte pour nous laisser seuls. Le temps s'écoula insensiblement ; et lorsque je pris congé de la duchesse, quoique je lui eusse déjà baisé la main, je revins une seconde et une troisième fois à la charge.

» Le lendemain, je délibérais si je pouvais, d'une manière plausible, feindre une maladie pour jouir encore un jour de sa société, lorsque la duègne vint me faire des excuses de ce que l'escorte ne serait prête que le jour suivant, et m'inviter à passer la journée chez la duchesse.

» Tous les matins, mêmes excuses, même invitation.

» Une quinzaine s'était écoulée, et, le croiriez-vous! j'avais appliqué mes lèvres brûlantes sur sa main d'albâtre, et voilà tout. Combien de fois me suis-je jeté à ses pieds! quelles plaintes! quelles protestations ne lui ai-je pas prodiguées! Elle avoua qu'elle m'aimait au-delà de toutes les expressions que peut fournir la langue même la plus faite pour l'amour. Enfin elle permit, et me rendit mes baisers. Elle m'abandonna son sein, un sein dont jamais peintre n'a embelli sa maîtresse; elle me laissa tâter son cœur palpitant d'amour, mais elle ne m'en accorda pas davantage. Cette cruauté et ces concessions pensèrent me tourner la tête; j'en perdis le sommeil et l'appétit. Un jour que, prosterné, j'embrassais ses genoux, je tressaillis tout à coup et me sauvai dans le jardin, comme pour y cacher ma honte; il me parut que mon bon génie s'était réveillé; je fus frappé de l'idée que j'étais le jouet d'une coquette, dont la vanité s'amusait de ma faiblesse; mais alors elle se présenta à mon imagination avec tous ses charmes, son sein palpitant sous ma main, et ses lèvres de rose se joignant aux miennes, et dans l'instant je revolai à ses pieds.

— « Qu'avez-vous donc ? me demanda-t-elle; pourquoi me quitter aussi brusquement ? quelle conduite ! auriez-vous perdu l'esprit » ?

« Non, pas encore, lui répondis-je; mais si vous continuez à me traiter avec la même rigueur, je ne tarderai sûrement pas à le perdre ». Enfin je lui avouai le soupçon qui m'avait frappé, qu'elle se moquait de moi. — « Hélas ! reprit-elle, vous me faites une injustice. Apprenez donc que ma sagesse me coûte autant qu'à vous-même ». Alors elle me raconta son histoire, qui, actuellement encore, fait bouillonner mon sang d'indignation.

« Son père, le vieux duc de Monte-Dragone, avait deux filles, dont l'aînée était regardée comme l'unique héritière de ses biens immenses. Le prince de Ponte-Romano, Napolitain, rechercha sa main, et l'obtint par l'influence de la cour, car cette cour de Naples se mêle de toutes les affaires particulières, et sa politique est d'unir, par des mariages, les grands des deux royaumes; mais son beau-père lui déclara que ses deux filles lui étant également chères, il ne voulait point, par une vanité dénaturée, ensevelir la cadette dans un cloître pour augmenter la fortune de l'aînée, et qu'à sa mort, toutes les deux partageraient également sa succession. Le prince dissimula son dépit, mais résolut de ne pas laisser échapper l'universalité d'un si opulent héritage.

» Don Tito, son frère, avait été destiné à l'église; mais sa conduite déréglée força l'archevêque de Naples à lui refuser les ordres, quoique, par égard pour sa famille, on gardât le silence sur son exclusion. L'état militaire et l'église étant les seules ressources ouvertes à un gentilhomme, et celui-ci n'ayant pas assez de courage pour porter les armes, il se trouvait réduit à être le parasite de son aîné, lorsque celui-ci lui proposa d'épouser la cadette. La cour s'étant encore prononcée pour ce mariage, cette jeune personne devint la victime de cette odieuse intrigue; elle n'y opposa cependant qu'une faible résistance. Comme elle prétendait au droit de se choisir un sigisbé qui pût lui plaire, elle était fort indifférente au choix qu'on faisait pour elle d'un époux; mais hélas! elle fut cruellement trompée. Le soir des noces, lorsque ses femmes l'eurent laissée seule avec son mari, son valet-de-chambre, un des agens les plus infâmes de ses vices, se mit à crier *au feu*. Le nouvel époux, qui affichait publiquement sa haine pour le beau sexe, se déroba à la faveur du désordre et de la confusion, de manière que la duchesse, quoique mariée depuis plusieurs années, était encore vierge ».

FATIME.

Pauvre femme ! que je la plains ! mais il y en a plusieurs dans ce harem dont le sort n'est pas plus heureux.

LACY.

« Le diable semble avoir été l'auteur de ce complot abominable, qui excède les bornes de la scélératesse humaine. Aucun dégoût ne pouvait motiver, de la part de don Tito, cet étrange procédé; mais pour annuller quelqu'obligation pécuniaire qu'il avait contractée envers son frère, il s'était engagé d'agir ainsi avec son épouse, afin qu'à défaut d'enfans de son côté, les enfans du premier pussent hériter de tous les biens des Monte-Dragone. Le vieux duc étant mort, et le prince jouissant déjà d'un titre, la faveur de la cour fit don Tito duc de Monte-Dragone et grand d'Espagne.

» Pendant que cet indigne mari dissipait la fortune de sa femme dans les plus honteux plaisirs, elle languissait abandonnée à la solitude. Une foule de sigisbés se présenta d'abord, mais la crainte de devenir mère lui interdit toute reconnaissance de leurs services. Les beaux jours de la chevalerie et de la galanterie désintéressée n'étaient plus. Ses adorateurs se retirèrent les uns après les autres, et elle était trop fière pour souffrir d'autres courtisans que les cavaliers les plus accomplis : elle renonça donc à toute société, et s'enferma dans son palais.

» Mais ici de nouveaux outrages l'attendaient. En qualité de grand d'Espagne, son mari avait le droit de se faire servir par des pages; et les postillons, et même la valetaille, saisirent toutes les occasions d'insulter leur maîtresse, et son tyran, loin de les punir, applaudissait à leur insolence, et s'en amusait. Alors l'infortunée duchesse quitta Naples, et se retira sur ses terres, en Sicile.

» Si elle eût accordé sa main à quelque vieux jaloux qui l'aurait soustraite aux regards du public, elle aurait eu du moins la consolation de se croire aimée; mais dans sa retraite volontaire, elle n'était pas même en sûreté. Son chien favori, seul compagnon fidèle des ennuis de sa solitude, était mort d'un poison probablement destiné pour elle ».

« Vous voulez que je vous plaigne, me dit-elle; eh bien! je vous plains de tout mon cœur: mais êtes-vous, comme moi, le plus déplorable objet de la pitié? vous pouvez, du moins, faire la cour à tout mon sexe. Si une femme vous dédaigne, vous pouvez l'oublier dans les bras d'une autre. Mais moi, quelle espérance me reste-t-il ? Tous les plaisirs de l'amour et les douceurs de la maternité me sont absolument interdits. La nature n'accorde rien sans condition, et ce serait un crime de jouir de ses bienfaits sans remplir les devoirs qu'elle prescrit en échange. Vous êtes sans doute étonné d'entendre ces principes dans la bouche d'une femme, mais j'ai réfléchi si long-temps sur mon affreuse situation, que je puis, sur ce point, parler comme un professeur, et embarrasser un jésuite même. Je pourrais goûter le bonheur en vous rendant heureux, tous les couvens du royaume me fourniraient des moyens d'avortement; mais exempte de préjugés, j'ai de la moralité. Les lois de la nature sont les lois de Dieu; ce n'est pas le respect du nœud conjugal qui me retient, mais ma conscience se révolte à l'idée seule du meurtre d'un enfant dans mon sein. Je pourrais, à la vérité, recouvrer ma liberté en accusant le duc de tous ses crimes, mais ne m'exhortez pas à une démarche aussi odieuse. Plaignez-moi, et ne me voyez plus. Votre présence est trop dangereuse pour une femme réduite à la cruelle alternative, ou d'envoyer son mari à l'échafaud, ou de rester malheureuse toute sa vie.

» La duchesse ayant cessé de parler, j'eus recours à tous les argumens possibles pour lui persuader de ne garder avec son époux aucun ménagement; et tels étaient mon mépris et mon horreur pour ce monstre, que si je l'avais rencontré, j'aurais probablement cassé mon fouet sur sa *grandessa*. Je prolongeai encore de quelques semaines mon séjour chez cette femme si indignement trahie, mais toute mon éloquence fut inutile; elle me permit toujours les mêmes libertés, mais elle résista, jusqu'à l'héroïsme, à toute tentative qui pouvait la faire sortir des bornes qu'elle s'était prescrites. Ma patience était épuisée, et je fixai le jour de mon départ; mais la nuit qui le précéda, elle parut si affligée, que je la crus sur le point de se rendre; et le lendemain ses yeux annoncèrent, par leur rougeur, combien de larmes elle avait versées. Enfin je m'arrachai de ses bras; sur la route de Rome, je me surpris presque résolu de retourner auprès d'elle, et je donnai mille malédictions au mariage qui, soit que ma bien-aimée fût sans mari, soit qu'elle en eût trop d'un, était partout un obstacle à mon bonheur.

» Mais croiriez-vous, ma chère Fatime, qu'à peine arrivé dans la capitale de l'ancien monde, je fus sur le point de subir le joug de l'hymen. Oui, l'aimable polisson, l'élève de Fitz-Allan, lui qui pouvait se flatter d'avoir attaché à son char quelques-unes des plus intéressantes femmes de l'Europe, fut près de faire le sacrifice de sa liberté, et de baisser pavillon devant une des créatures les plus communes et les plus nulles qui puissent jamais ennuyer un mari. Sa mère, femme intrigante, avait quitté l'Anglèterre, et faisait figure avec quelques-mille livres sterlings qui lui restaient, dans l'espoir de procurer un époux à sa fille. Tous mes compatriotes de distinction étaient invités chez elle; et moi, à raison de ma fortune et de mon titre, j'y étais plus caressé et mieux accueilli que les autres.

» J'avais engagé un abbé à m'accompagner dans la visite des antiquités, des églises, des palais et des galeries de tableaux, et la bonne dame parvint, elle et sa fille, à se mettre de la partie. Les soirs, je fréquentais sa maison, quand il n'y avait pas de conversations; mais bientôt je négligeai les conversations même, pour fréquenter sa maison, et là, l'abbé ne cessait de me cajoler et d'exalter les petits talens de la demoiselle. J'étais passionné pour la danse, et elle dansait vraiment comme les Grâces. La mère m'ayant persuadé que j'étais connaisseur en musique, comment ne pas louer l'exécution de sa fille, quand elle touchait tant bien que mal, quelqu'air sur le clavecin! Enfin j'avouerai ma faiblesse, à force de flatteries, on m'inspira du goût pour elle, et je lui fis une déclaration en forme : mais l'imbécille étant trop timide pour y répondre, la mère l'accepta en son nom, et eut la précaution de stipuler que le mariage n'aurait lieu, que quand le contrat qui devait assurer le douaire, serait arrivé d'Angleterre, revêtu de toutes les formalités.

» Je l'attendais avec impatience, lorsque je reçus, par la poste, un paquet à l'adresse du comte d'Héreford: une enveloppe intérieure portait le nom de monsieur Hugues Lacy : tel était le nom de ma famille. Si je fus surpris de cette adresse, jugez de ma consternation, au contenu de la lettre.

» Le comte, mon père, étant en pension, y avait épousé une femme-de-chambre. Dans tout autre pays que le nôtre, dont on vante tant la liberté, la police aurait puni cette femme, pour avoir abusé de sa jeunesse inconsidérée, et aurait rompu une union aussi mal assortie; mais en Angleterre, où le divorce n'a pas lieu, il fallut, à prix d'argent, acheter le silence de cette fille; on garda le secret, et mon père épousa ma mère, qui était fille d'un gentilhomme.

» Mais maintenant qu'il était mort, cette créature, après un silence de vingt-cinq ans, avait, à l'instigation d'un fripon d'avocat, porté les preuves de son mariage à la chambre haute; et cet auguste corps, quoiqu'il vît, parmi ses membres, un grand nombre d'amis et de parens de notre maison, quoiqu'il fût indigné de tant d'audace, malgré sa pitié pour moi, et son respect pour ma mère, dut juger selon la lettre de la loi : en conséquence, il reconnut cette malheureuse pour comtesse, et son fils pour comte d'Héreford. Cependant il était de notoriété publique, qu'elle avait vécu avec un simple soldat, et n'avait jamais habité avec le comte ; mais comme il était alors dans le royaume, la loi déclara le fils de cette infâme, héritier de son titre et de ses biens immenses, mit ma vertueuse mère au rang des adultères, me priva de mon rang et de mon patrimoine, et me couvrit de tout l'opprobre réservé aux bâtards. Il me fut seulement permis, encore ne fût-ce qu'à titre de grâce, de porter le nom des Lacy.

» Je n'essaierai pas de peindre la manière dont je fus affecté. Mon désespoir approchait de la fureur, et si La Jeunesse ne m'eût pas soustrait mes pistolets, je me serais probablement brûlé la cervelle; mais n'ayant pas assez d'empire sur moi, il envoya chercher une de mes connaissances qui, ayant trouvé le fatal paquet sur la table, alla, cette nuit même, répandre dans toute la ville la nouvelle de ma disgrâce. Je me tins renfermé pendant trois jours: enfin j'écrivis une lettre de consolation à ma pauvre mère, et, m'étant habillé, je fis une visite à ma future épouse.

» Mais la vieille mère, qui avait toujours été la première à voler à ma rencontre, lorsque j'étais un des premiers pairs du royaume, daigna à peine faire un signe de tête à un malheureux bâtard, et je crus voir errer sur ses lèvres, un sourire malin, quand le domestique m'annonça sous mon ancien titre. La fille, cependant, m'accueillit avec sa bonté ordinaire; et l'humeur sombre qui me dominait ne me permettant pas de prendre part à la conversation, je la priai de me donner quelqu'air sur son clavecin. Elle se mettait en devoir de m'obliger, lorsque sa mère la fit asseoir à une table de jeu avec un lourd gentillâtre qu'elle avait à peine daigné, jusqu'alors, honorer d'un regard.

» Tous ces dédains ne purent dissiper l'aveuglement qui me portait à ce mariage. Les contrariétés avaient converti en une passion violente un penchant léger; mais la mère se moqua de mes prétentions. Je lui rappelai sa parole; elle l'avait donnée, me dit-elle avec une impertinence révoltante, au comte d'Héreford, et non à M. Hugues Lacy.

» J'en appelai à sa fille, mais cette pauvre créature manquait de caractère. Ma mère, répondit-elle, doit être en état de juger mieux que moi.

» Je fis une seconde et une troisième visites, mais je ne pus parvenir jusqu'à la demoiselle, car mes compatriotes ne voulurent point me céder le pas. Enfin on me pria de cesser mes visites, et bientôt la porte me fut absolument fermée. Peut-être que la vieille dame n'eut pas tort : le mariage est une pilule amère qui doit être dorée; j'étais sans fortune et sans espoir, il me restait à peine assez de bien pour vivre, loin d'en avoir assez pour entretenir une femme et soutenir une maison; mais elle aurait dû traiter avec plus d'égards et refuser avec moins de grossièreté un homme qui lui avait si récemment montré les plus favorables dispositions. Cinquante louis étaient tout ce que je possédais; je renvoyai donc mon valet, mon jockei et mon coureur; je vendis mes chevaux; et avec les tristes débris de ma splendeur passée, je pris la diligence poūr retourner en Angleterre.

» J'arrivai à Lyon la dernière semaine du carnaval: les plaisirs régnaient dans toute la ville. Heureusement j'étais d'un caractère à prendre toujours les événemens du bon côté. Si j'avais perdu ma fortune, je me félicitais du moins de n'avoir pas l'embarras d'une épouse; je jouissais du moment sans réfléchir sur le passé, ni penser à l'avenir.

» Une longue file de voitures se promenait dans les rues, et les dames jetaient à pleines mains des bonbons à tous les cavaliers de leur connaissance qui passaient : un élégant équipage comblé de domestiques en livrées magnifiques, se distinguait de tous les autres, et à chaque tour de promenade, une dame masquée m'honora d'une poignée de dragées. Ayant heureusement attrapé une de ces enveloppes, je l'ouvris à mon retour à l'auberge. Quel fut mon étonnement en y lisant écrit au crayon le nom *Héreford* ! je n'avais point de connaissance à Lyon ; mais à la première redoute, un masque m'obsédant sans cesse, je me retournai et le suivis. Il me mena dans un appartement voisin, et se fit connaître ; quelle fut ma joie ! C'était la marquise Orlandini. — Que vous êtes aimable, milord, me dit-elle, d'être venu à Lyon ! je vous ai attendu long-temps et vous ai écrit lettre sur lettre, mais je sais que vous n'aimez pas à y répondre.

» Je protestai avec vérité qu'aucune ne m'était parvenue. — Quoi ! vous ne savez pas que j'ai trouvé un mari ? — Non. — Ni qu'ayant trouvé un mari, un mari, à son tour, m'a retrouvée. — Non. Elle me fit asseoir dans une alcove et me raconta son histoire ».

« Elle était née d'une ancienne maison, dans la France méridionale, et avait épousé à seize ans un officier à qui elle avait été promise dès le berceau. Heureux dans leur indifférence mutuelle, chacun suivit librement ses goûts. Le marquis Orlandini, gentilhomme florentin, ayant pris du service en France, fut placé dans le régiment que commandait le mari, et devint bientôt l'ami intime de la dame. Il l'adorait avec l'ardeur qui caractérise sa nation ; mais quelques affaires de famille l'ayant rappelé en Italie, la vicomtesse s'évanouit au milieu d'une assemblée ; deux jours avant son retour, et le jour même de son arrivée, on lui avait rendu les honneurs funèbres. On ne lui eut pas plutôt rendu compte de ce fatal événement, qu'il se mit à courir par toute la ville comme un homme au désespoir. Enfin, à minuit, il alla éveiller le sacristain, et le pistolet à la main, il le força de le conduire au caveau où on l'avait déposée. Les atteintes de la mort ne lui avaient encore rien fait perdre de sa fraîcheur, ni de sa beauté; il se précipite sur ce cadavre glacé : les larmes brûlantes de l'amour le raniment; elle ouvre les yeux, et se voit entre les bras de son amant. Bientôt l'hymen les unit, ils franchirent les Alpes, et elle fut reçue à bras ouverts par sa famille à Florence.

» Le mariage est le tombeau de l'amour. Bientôt Orlandini ne fut plus cet amant empressé et délicat qui lui offrit le bras pour la conduire à toutes les assemblées. Elle cessa d'être la divinité qui l'attendait dans un boudoir mystérieux : deux amans ne se rencontrent que quand ils sont de bonne humeur, ou disposés à s'y mettre. Deux époux se croient en droit de se tourmenter mutuellement par leurs caprices. Si un amant fait hommage de quelque bagatelle à sa maîtresse, elle l'accepte avec le sourire de la bienveillance ; si un mari offre à sa femme quelque cadeau, ce qui, soit dit en passant, est bien rare, il s'expose au reproche de manquer de goût, ou de ne pas connaître le prix des choses. On vint dire mystérieusement à la marquise que son époux entretenait une actrice ; mais peu de temps après, elle eut le plaisir d'apprendre qu'il s'était déclaré le sigisbé d'une de ses amies. Le soir du même jour, elle me rencontra au Casino, et agréa mes services.

» Quel fut mon bonheur d'être tombé entre ses mains ! On ne s'aperçoit jamais de l'absurdité d'une coutume dans laquelle on a vécu depuis sa naissance.

Elle fut la seule, entre les catholiques romains, qui s'opposa à ma perte. Sans le souvenir du danger qu'elle avait couru personnellement, j'aurais été enterré tout vif.

» Pendant mon séjour en Sicile, elle avait accordé sa main au comte de Vallombrosa, et m'avait prévenu qu'étant mariée, elle serait charmée de mon retour à Florence : mais au moment où on s'y attendait le moins, un gentilhomme français se fit présenter à une assemblée. C'était le vicomte son premier mari. Il fut si frappé de sa ressemblance avec la femme qu'il avait perdue, qu'il ne put en détacher les yeux ; elle fut d'abord sur le point de s'évanouir, mais elle se remit, avant qu'il pût trouver quelqu'ami pour se faire présenter. Sa bonne prononciation en français le confirma dans ses soupçons ; il apprit que cette dame était la veuve de son frère d'armes ; en conséquence, il dépêcha un domestique à Lyon, qui trouva le cercueil rempli de pierres.

» Alors il la réclama auprès de Vallombrosa. Qu'un mari soit enchanté d'être débarrassé de sa femme, cela est assez naturel; mais qu'un autre désire d'en reprendre possession, ceci a besoin d'être expliqué. Le dernier de ses frères venait de mourir, et elle se trouvait héritière de tous ses biens. L'Italien, ignorant ce changement de fortune, la céda volontiers au Français, et heureusement pour elle, il lui était parfaitement égal que ses enfans eussent pour père un Français ou un Italien.

» J'ai dit heureusement, car le lien du mariage est si indissoluble, que, même après avoir été mise au rang des morts, la loi l'aurait forcée de rentrer sous la puissance d'un mari qu'elle détestait; et supposé que ce mari, dans l'intervalle, eût passé à de secondes noces, sa seconde épouse, ainsi que ma malheureuse mère, aurait été déclarée adultère, et ses innocens enfans auraient subi le même sort que j'avais moi-même éprouvé ».

« La vicomtesse ayant fini son histoire, je la suivis à son hôtel, où on me traita pour la dernière fois de ma vie en milord. J'avais trop de fierté pour l'instruire de mon revers de fortune. Le lendemain je lui écrivis un billet d'adieu, et je continuai ma route pour l'Angleterre.

» Mais quel coup de foudre m'attendait à mon arrivée ! Ma mère, forcée de reprendre son nom de fille, n'avait pu soutenir le poids de son humiliation ; et comme elle était morte sans testament, je n'avais aucun droit à son héritage, qui ne pouvait être dévolu qu'aux enfans légitimes. Me voilà donc réduit à la mendicité dans cette capitale du luxe et de la magnificence. Mes amis et mes condisciples me méconnurent et me tournèrent le dos. Je ne connaissais personne dont je pusse implorer la charité ou la générosité : car ma fierté ne me permettait pas de recourir au comte actuel d'Héreford, ce noble fils d'un soldat et d'une blanchisseuse, dont l'extravagante étourderie dissipait ma fortune, et que son importance d'hier rendait l'opprobre et la fable des pairs, ses collègues.

» Il ne me restait qu'une guinée, et ensuite le désespoir. J'allai à la comédie, résolu de terminer ma déplorable existence le lendemain. Une fille de joie vint prendre place à côté de moi. J'étais plongé dans une rêverie profonde, et peu disposé à répondre à ses agaceries; mais en la fixant, je crus la reconnaître. Elle avait été autrefois femme-de-chambre d'une certaine madame Warren, amie intime de ma mère. Elle me pria de l'accompagner chez elle, et fit son possible pour dissiper ma mélancolie.

» Je lui fis part de ma position et de mon dessein. — Non, dit-elle, vous n'avez pas besoin de vous brûler la cervelle; tandis que je posséderai assez d'agrémens pour gagner une guinée, nous la partagerons ensemble.

» L'avouerai-je à ma honte, ma chère Fatime ? je n'avais point la liberté du choix : je consentis à vivre du prix de ses prostitutions. Cette fille généreuse m'aimait avec tant d'ardeur, et je pourrais même dire avec tant de fidélité, que, quoique ses charmes fussent au public, et que son métier la mît à la merci de tout le monde, cependant je n'avais point de rival dans son cœur; et quand elle avait gagné quelque bagatelle, elle revenait dans mes bras avec la satisfaction d'un ouvrier qui a fermé sa boutique, pour passer la soirée avec sa famille.

» Un jour une voiture s'arrêta à notre porte. C'était madame Warren, dont le mari venait d'arriver des Indes, et en conséquence elle voulait concerter un rendez-vous avec un amant, chez son ancienne femme-de-chambre; c'est ainsi que l'on conduit une intrigue en Angleterre. Cette rencontre parut lui faire le plus grand plaisir, et me couvrit de confusion. Elle m'avait connu autrefois comme comte d'Héreford, tout rayonnant d'espérance, et regardant tout le monde avec l'air dédaigneux de la supériorité; et elle me retrouvait vivant des honteux profits d'une prostituée ».

« Mon cher Lacy, me dit-elle, votre Fitz-Allan m'a informé des services que vous lui avez rendus à Leipsick. Il n'est pas en Angleterre, où il vous aurait cherché lui-même; mais il m'a priée, au nom de mon amitié pour lui, aussi bien que pour votre malheureuse mère, de tâcher de vous être utile. En apprenant vos revers, j'ai écrit à toutes vos connaissances en France, en Italie et en Allemagne, mais personne n'a pu me donner votre adresse. Mon frère, envoyé en Russie, a besoin d'un secrétaire; sans doute vous connaissez assez les langues étrangères, pour remplir cette place avec succès ».

« La semaine suivante, mes deux protectrices me souhaitèrent un bon voyage, et je partis pour Pétersbourg.

» L'envoyé me reçut à bras ouverts; il me présenta dans les meilleures maisons; et quand j'eusse encore été le comte d'Héreford, je n'aurais pu me flatter d'un accueil plus favorable. L'impératrice, l'une des femmes qui fait le plus d'honneur à son sexe, me distingua parmi une foule de courtisans, et tout me promettait une existence non-seulement agréable, mais brillante, lorsque, pour mon malheur, je devins amoureux de la jeune princesse de Strogenoff.

» Elle était aimable, accomplie, divine; elle parlait toutes les langues modernes. Quel charme pour un Anglais, d'entendre parler anglais avec tant de pureté et de perfection, par une si belle bouche, et sur les bords de la Newa! Son père étant veuf, elle faisait les honneurs de sa maison, et prenait si bien ses mesures, qu'à table, j'étais toujours placé à côté d'elle. Les dames de Pétersbourg étaient aussi supérieures aux préjugés et aussi peu réservées que leur sublime autocratrice; et cependant j'étais si épris de la princesse, que je l'aurais volontiers épousée, même après avoir goûté le bonheur dans ses bras. Voilà la preuve la plus sûre de l'amour; car, auparavant, on est dans un tel désordre qu'on n'a que des désirs, et qu'on ne sait pas si on est véritablement amoureux : mais le moyen, pour un pauvre diable comme moi, d'obtenir sa main!

» Un jour son père, en sortant de la cour, lui annonça qu'il l'avait promise à un comte polonais, que l'impératrice voulait attirer dans le parti russe. C'est ainsi que l'avarice, l'intérêt et l'ambition assortissent les époux; et sur quatre mariages, il n'en est pas un qui ne soit déterminé par un de ces mobiles, à l'exclusion de l'amour, qui seul devrait présider à tous. La jeune princesse, absolument indifférente pour le comte, ne sentait pour son physique ni penchant ni aversion ; et du côté de l'esprit, elle ne pouvait le juger, ne lui ayant jamais parlé. Son unique objection contre ce parti était sa crainte d'être séparée de moi, pour suivre son mari en Pologne. Elle me consulta ; et comme elle ne désespérait pas de le décider à rester en Russie, parce qu'il était assez grand seigneur et assez riche pour y soutenir l'éclat de sa naissance, nous convînmes qu'il était de la bonne politique de l'épouser, et on l'invita à faire sa déclaration dans les formes.

» Le jour de l'hymen était fixé. Quelque temps auparavant, me trouvant un soir dans son appartement, nous entendîmes tout à coup la voix du comte sur l'escalier. Elle me fit cacher dans une armoire, et se composa pour le recevoir : mais l'importun resta des heures entières, sans paraître vouloir se retirer, et minuit avait sonné, avant que, malgré les signes très-visibles de son ennui, elle eût pu s'en débarrasser.

» Lorsqu'elle me remit en liberté, la porte de l'hôtel était fermée. Que faire en pareil cas ? il fallut, malgré sa répugnance, prier le suisse de m'ouvrir; et je retournai chez moi, en me félicitant de m'être tiré d'un si grand embarras; mais l'insolent valet la suivit dans son appartement, et en exigea les dernières faveurs, comme le prix de son silence. Pauvre fille! elle était à sa discrétion; et craignant que ses gens ne s'éveillassent au bruit qu'il faisait dans son ivresse, elle se vit forcée, malgré son dégoût et son horreur, de céder à ses menaces. Quelques jours s'écoulèrent; je ne conçus aucun soupçon, et elle se flatta que l'orage était dissipé sans retour.

» On célébrait alors la fête de saint Nicolas, patron de la Russie, en l'honneur de qui, à une journée consacrée aux pratiques de la plus stupide dévotion, succède une nuit de la débauche la plus effrénée. En dépit de la plus rigoureuse police, les rues sont pleines d'ivrognes chancelans, les caves et les cabarets retentissent des orgies des valets et des esclaves. Le suisse s'était enivré comme les autres. L'eau-de-vie aiguillonna sa langue, et avec toute l'imprudence de la forfanterie, il raconta à ses camarades son aventure avec sa jeune maîtresse. Elle parut si invraisemblable, que toute sa société le traita d'imposteur; mais pour une faible mesure d'eau-de-vie, il offrit de prouver son assertion. On le prit au mot, et tout le monde étant couché à l'hôtel, il les y introduisit.

» La princesse entend frapper à sa porte, et se lève. Le misérable entre, et demande sans détour un nouvel abandon à ses désirs. Sourd à toutes ses prières et à ses promesses, elle lui offre envain sa montre et ses bijoux qui sont sur sa table ; il se refuse brutalement à toute composition. A un signal convenu, ses insolens camarades entrent brusquement et voient cet infâme au milieu de son triomphe. L'infortunée n'avait cédé que pour conserver son honneur, et son honneur est perdu sans retour ; elle tressaillit, se saisit d'un canif et le lui plonge dans le cœur.

» Cependant toute sa famille éveillée accourt dans son appartement. Je ne vous peindrai pas la fureur et la honte du père, en ce cruel moment ; ni sa douleur et son désespoir, quelques jours après, lorsqu'accompagné de tous ses parens, il alla, mais en vain, se prosterner aux genoux de l'impératrice, pour obtenir la grâce de sa fille. Les pieds meurtris par le knout, cette belle et intéressante victime monta sur l'échafaud où elle périt en héroïne. Le jour de son exécution fut un jour de deuil pour Pétersbourg, et un gémissement général se fit entendre parmi les spectateurs, lorsque sa tête étant tombée, le bourreau la releva par sa longue chevelure, et la leur montra toute dégouttante de sang.

» La cour me fit insinuer que la bienséance exigeait que je m'éloignasse de Pétersbourg. J'avais besoin d'un changement de scène pour dissiper l'affreuse mélancolie dont je fus accablé pendant quelque temps. Je quittai donc la Russie, comblé des bienfaits de notre digne envoyé, et me voilà encore une fois voguant au gré des flots agités de la vie : mais l'amour qui m'avait rejeté sur cette mer orageuse, m'offrit bientôt un autre port; et qu'il me soit permis, ma chère Fatime, de dire à la gloire de votre sexe, qu'abandonné de tous mes amis, l'attachement des femmes qui m'avaient aimé pour moi-même (et aimer un homme pour lui-même est bien différent de ne consentir à l'épouser que pour sa fortune), ne s'affaiblit pas même au fort de mes adversités.

» La vicomtesse m'avait écrit une lettre pleine de reproches, pour avoir quitté Lyon si brusquement, sans avoir mis son amitié à l'épreuve, et le prince de Rosenberg-Brandenstein, plein d'indulgence pour les désirs de son épouse, m'avait offert une charge honorable à sa cour.

» Déterminé à l'accepter, je me rendis à Brandenstein. Le prince et la princesse étaient allés en visite à la Hague; mais ils avaient laissé pour moi une lettre par laquelle ils me priaient de me faire rembourser par le ministre les frais de mon voyage, et m'invitaient à rejoindre la princesse en Hollande.

» Mais ici l'amour me joua un mauvais tour. Je n'ai jamais pu résister à l'impulsion du moment; et quoiqu'en chemin je n'eusse fait que méditer sur mon prochain bonheur avec son altesse sérénissime, dont l'image m'était toujours présente, même dans mes songes, je n'eus pas la force de résister, au théâtre d'Amsterdam, à une fille publique qui m'attira dans sa chambre garnie.

» Je la suivis par des ruelles tortueuses, et en passant sur plusieurs ponts, jusque dans un cul-de-sac dont l'aspect devait éveiller mes soupçons : nous entrâmes dans une maison de très-mauvaise apparence, mais rien ne m'arrêta. Son souteneur parut avec une bouteille de vin. Je me souviens de m'être bientôt assoupi, et je m'endormis dans les bras de ma belle. Le lendemain en me réveillant, je me trouvai seul; l'oiseau s'était envolé. J'examinai mes habits; mais plus de montre, plus de bourse; je courus à la porte, elle était fermée en dehors. Je criai, je voulus la briser : efforts inutiles! Je jetai les yeux sur la fenêtre, elle était garnie de barreaux de fer très-solides, et donnait sur un canal. Il fallut prendre patience et attendre.

» Vers le soir, deux gaillards de mauvaise mine entrèrent avec le souteneur, qui m'apprit que je devais me résoudre à servir les états généraux dans les colonies. En vain je leur représentai que j'étais gentilhomme, et je cherchai à m'ouvrir par la force une sortie libre. J'étais sans armes et presqu'exténué par la faim. Ces fripons osèrent me frapper de leurs gros bâtons; et après avoir mis sur la table quelques grossiers alimens, ils me laissèrent à mes réflexions et à mon désespoir.

» J'essuyai le même traitement pendant quelques jours ; enfin le cabaretier vint me demander le paiement de cette détestable nourriture. Je lui reprochai sa scélératesse, il secoua la tête; et comme je n'étais pas habillé, il emporta mes habits avec lui. Une heure après, il revint avec la camisole, les chausses, et la chemise rayée d'un matelot. Cependant on eut la précaution de m'ôter mes souliers, de peur que je ne sautasse par la fenêtre, quoique je fusse au second étage. . . .

» Cette rigoureuse détention eût ruiné ma santé, si deux fois par semaine on ne m'eût rendu mes souliers, et fait prendre l'air avec une foule de prisonniers dont la plupart étaient des ouvriers allemands tombés de même que moi entre les mains de ces *vendeurs d'âmes;* c'est ainsi qu'on appelle ces pendards. Nos promenades se faisaient en plein jour, sur le grand chemin et sous les yeux des Hollandais. Quelques-uns insultaient à notre désespoir; d'autres nous plaignaient, ou haussaient les épaules. Si quelqu'un de nous tentait d'aborder un passant, nos gardes qui nous traitaient comme des galériens, couraient sur lui et le maltraitaient jusqu'à ce qu'il se tût, et les magistrats qui n'avaient pas le courage de les autoriser, toléraient et même favorisaient ces horreurs.

» Enfin la flotte était prête à mettre à la voile, et on nous distribua sur différens vaisseaux. Imaginez-vous ma situation; moi autrefois comte d'Héreford, maintenant matelot sur un bâtiment marchand. Souvent je fus sur le point de me précipiter à la mer.

» Je souffris toutes les indignités possibles, pendant un voyage de plusieurs mois; enfin il s'éleva une tempête qui dispersa la flotte, et je souhaitais ardemment que notre vaisseau pût couler à fond. Il fut, trois jours, le jouet des flots irrités, enfin il se brisa contre un rocher. Je conservai assez de présence d'esprit pour m'attacher à un mât avec lequel je flottai jusqu'au retour de la lumière. Cependant mes forces commençaient à s'épuiser, quand quelques pêcheurs me reçurent dans leur bateau. Nous avions fait naufrage sur la côte de Malabar, j'avais échappé seul à la fureur des vagues, et les généreux Nairs m'adjugèrent tout ce que la marée avait jeté de nos trésors sur le rivage. Ainsi je me trouvai encore le favori de la fortune. Vous pouvez imaginer combien j'étais enchanté des usages du pays. Je parus à la cour du Samorin avec un éclat digne de ma naissance. Son auguste nièce, la princesse Agalva, m'honora bientôt de sa protection.

» Je lui avais souvent fait la description des mœurs et des usages singuliers qui règnent dans l'Occident. — « Toutes vos disgrâces en Europe, mon cher Lacy, me dit-elle, ont pris leur origine dans vos préjugés sur l'amour et l'hymen. Un mariage aussi mal assorti que celui que le feu comte d'Héreford eut la faiblesse de contracter, n'eût jamais eu lieu à Calicut, car, où il n'existe point de mariage, il n'y a point de mésalliance. Vous n'auriez jamais été flétri comme bâtard dans des lieux où personne n'a la prétention de connaître son père. La marquise Orlandini n'y eût pas été obligée de renoncer à votre commerce par le défaut d'un mari qui pût avouer ses enfans, ni la duchesse, parce qu'elle avait épousé un monstre. Vous y auriez pu entrer, en plein jour, dans l'appartement d'une princesse et sans avoir besoin de la robe de chambre de son époux. La malheureuse Strogenoff ne s'y serait pas vue forcée de se livrer à un vil esclave, parce qu'elle avait trouvé en vous un amant digne d'elle, et n'aurait pas eu un meurtre à expier sur l'échafaud; enfin, aucune prostituée n'aurait pu vous y trahir, comme à Amsterdam: cette malheureuse, ayant été trompée par un homme, n'a usé que de représailles, en vous trahissant. Mais à Calicut, il n'y a absolument point de prostituées: à Londres où les femmes sont si loin de la liberté, il y en a trente mille; à Ispahan (1), où on veille avec tant de précautions sur les harems, la police comptait, le siècle dernier, quatorze mille courtisanes, quoiqu'il y en eût encore autant dont

(1) Voyages de Chardin, en Perse.

les noms n'étaient pas portés sur ses registres, et leur nombre, dit-on, à doublé depuis cette époque. Enfin plus les femmes seront retenues avec rigueur, plus les prostituées se multiplieront. Les Athéniens, ce peuple si poli, qui gardaient leurs filles et leurs épouses comme des esclaves, n'échappèrent à l'ennui de leurs gynécées, que dans les bras de leurs Phrynés et de leurs Laïs; et le Chinois, qui par un raffinement de contrainte et de despotisme, accoutume ses épouses à des souliers si petits et si étroits, qu'ils les privent du libre usage de leurs pieds, occupe ses loisirs à considérer les attitudes lascives des danseuses tartares. Lorsque le mariage est une profession, l'amour devient un métier; mais il n'y a ni prostituées ni vierges à Calicut. La prostitution et la virginité sont également opposées à la nature et au bien de l'état. L'amour ne s'y enveloppe pas des ombres du mystère : il n'y est pas, comme en Europe, ravalé au rang des vices ; on n'y attache ni crime, ni infamie ; on y suit, sans en rougir, les impulsions de la nature, et on n'y est pas réduit à se cacher dans les caves ou culs-de-sac, où on court le risque d'être assassiné ou enlevé par les vendeurs d'âmes ».

» J'étais résolu de m'établir à Calicut, lorsqu'Agalva voulant visiter l'Europe, je ne pus refuser de l'y accompagner. Ayant passé quelque temps en Angleterre, nous la quittâmes ensemble ; nous avions déjà doublé le cap de Bonne-Espérance, lorsqu'un vaisseau persan nous héla. — « J'ai vu, dit Agalva, les absurdités de l'Europe, voyons les absurdités plus grandes encore et la tyrannie des musulmans ; cela donnera une nouvelle ardeur à notre goût pour mon pays natal ».

» J'étais si impatient d'arriver à Calicut, que je fis tous mes efforts pour la détourner de son projet, mais en vain. Nous changeâmes de vaisseau ; et après avoir visité Ispahan et Schiras, sous un costume étranger, sans rien rencontrer de remarquable, nous arrivâmes à Candahar, où un esclave, comme vous le savez, reconnut la princesse. On nous conduisit devant le sultan ; et combien d'années, grand Dieu ! se sont écoulées, depuis qu'on nous a renfermés dans cet odieux sérail » !

LIVRE XI.

ARGUMENT.

Lacy raconte qu'Agalva est tombée au pouvoir d'une bande de brigands. Barbarie de l'eunuque Mustapha. Découverte d'Emma Degrey. Retour des Nairs de leur expédition. Souffrances d'Emma à Maroc, en Egypte, en Syrie, à Bagdad, à Ispahan et à Candahar.

Ainsi parla Lacy. Firnos avait eu la plus grande peine à contenir ses transports ; il avait d'abord prêté l'oreille, dans l'espoir de découvrir la malheureuse Anglaise, et avait redoublé d'attention aux noms de Lacy et de Fitz-Allan, les amis de sa mère. Mais quelle expression pourrait rendre sa joie, en apprenant que cette mère chérie avait échappé aux dangers de l'océan, et qu'elle était peut-être si près de lui, que probablement elle se trouvait sous le même toit! Cette joie avait failli le trahir plus d'une fois, avant que Lacy eût terminé son histoire ; et elle était sur le point d'éclater, lorsqu'un cri de triomphe se fit entendre.— « On l'a trouvée! on l'a trouvée » ! s'écriaient plusieurs voix. Il regarda à travers la grille de la fenêtre, car le jour commençait alors à paraître, et il vit les chevaliers du Phénix et ses autres compagnons se porter à la hâte vers la grande porte du sérail. — « On l'a trouvée ! on l'a trouvée » ! répète le prince, et il s'élance de derrière le rideau, à la grande surprise de la sultane consternée, et de son amant : sans s'arrêter à leur demander des renseignemens ultérieurs, ou à satisfaire leur curiosité, il court à la porte, la brise, se saisit d'une bougie, se précipite le long de la galerie, descend l'escalier tournant, et en un clin-d'œil il est au jardin.

« Où est - elle » ? cria-t-il au grand-maître, qui passait avec ses chevaliers.

« L'accident le plus simple, répondit-il, vient de la faire découvrir. Nous avions délivré un si grand nombre de femmes, que, pour les transporter jusqu'à l'Indus, j'ai dû mettre en réquisition tous les chevaux, les mulets, les chameaux et autres bêtes de somme; des ânes chargés de farine se présentent à la grande porte; un chevalier de la garde les arrête au nom de l'ordre. Le conducteur refuse de les décharger, peut-être même que sa peur le trahit; mais la garde se met à jeter par terre les sacs, dont un étant tombé avec violence, tout le pavé fut à l'instant couvert de sang: on l'ouvre, on le déchire, et on en retire une femme à demi-morte ».

On arrive auprès de cette malheureuse, qu'un chirurgien venait de rappeler à elle-même; elle ouvre les yeux et les referme aussitôt ». — « Ce n'est pas elle, interrompit le prince, ces formes délicates, cette petite personne; non, ce n'est pas elle ».

— « Eh! qui donc » ? demandèrent à la fois tous les spectateurs.

— « Ma mère, mon infortunée mère », répondit le prince en retournant sur ses pas. Personne ne le comprit, mais tous les seigneurs le suivirent au hasard, à l'exception de quelques-uns, qui donnèrent leurs soins à la malade.

Le prince arrive à la tour; on cherche des flambeaux, on monte l'escalier; une pierre, roulant de degré en degré, annonce que quelqu'un le descend: on s'avance, on découvre Lacy qui cherche son chemin à tâtons, autant que ses chaînes peuvent le lui permettre.

— « Où est la princesse? où est Agalva »? cria Firnos.

— « Qui êtes-vous? que savez-vous de la princesse »?

— « Nous sommes Nairs », répondirent mille voix.

La joie de Lacy lui ôta la parole. Déjà on a brisé ses fers, on le mène dans un salon du jardin, mais son saisissement ne lui permet pas de satisfaire à leur curiosité. Les Nairs le regardent avec des yeux pleins d'intérêt.

Enfin, revenu à lui-même, il comprend toute l'étendue de son bonheur. Il est libre, il est sous la protection des Nairs, et en présence du fils d'Agalva. Le grand-maître et ses chevaliers forment un cercle autour de lui, et à la demande du prince, il achève son histoire en ces termes :

« Comme c'est à votre altesse impériale que je dois ma liberté, elle connaît nos aventures jusqu'à notre arrivée dans ce sérail ; nous y étions renfermés depuis six ans, et Agalva était accouchée d'un fils, lorsque le dernier sultan vint à mourir, et son successeur, ou vendit, ou donna les femmes et les concubines de son père. Agalva ayant juré de ne point appeler la vengeance de ses concitoyens sur le passé, on nous permit de continuer notre route pour l'Indostan. Déjà nous n'étions plus qu'à une journée de l'Indus, lorsqu'en traversant une forêt, des brigands nous attaquèrent ; mon cheval ayant été blessé, tomba sous moi, et avant que je pusse me dégager, ils se saisirent de la princesse, et prirent la fuite, avec elle, à toute bride. Je ne pouvais les poursuivre; je me traînais, autant que mes blessures m'en laissaient la force, lorsqu'un des gardes du gouverneur m'arrêta et voulut voir mon passe-port. On me demanda des nouvelles de la princesse, et on me transporta à la ville la plus prochaine, où je fus gardé à vue. Ensuite on me conduisit sous escorte à Candahar, où on me jeta dans un cachot; mais la sultane me fit donner l'appartement où votre altesse m'a trouvé.

» Depuis plusieurs années, l'humanité de cette femme généreuse a adouci la rigueur de mon sort; elle m'a même sauvé la vie, car son fils, craignant que je ne m'échappasse et que je n'animasse les Nairs à venger Agalva de tout ce qu'elle avait souffert, ce tyran avait résolu de me faire périr; mais quoique les prières de sa mère eussent conjuré le danger qui me menaçait, Dieu sait si j'aurais jamais recouvré ma liberté ».

« Et où est ce fils d'Agalva? où est ce jeune prince »? demanda-t-on d'une voix unanime. « Où est mon frère »? s'écria Firnos lui-même. Lacy continua :

« Le sultan rejeta toutes les propositions avantageuses que lui fit Agalva, à qui la tendresse maternelle ne permettait pas de partir. Enfin l'amour de son pays et sa sollicitude pour vous, mon prince, l'emportèrent. Oh! avec quelle ardeur tous ses vœux se rapportaient uniquement à vous! comme toutes ses espérances se concentraient en vous! Lorsqu'elle avait pleuré des heures entières la perte d'Osva, malgré que ses larmes brillassent encore sur sa paupière, votre image faisait errer le sourire sur ses lèvres.—« Mon cher Firnos me reste, répétait-elle avec transport. Et depuis, au milieu des horreurs de ce sérail.... Ah! s'il pouvait être instruit de ma situation! Vous vous le rappelez, Lacy, me disait-elle, quoiqu'il ne fût alors qu'un enfant jouant à mes pieds; mais il doit être déjà en état de ceindre une épée pour la délivrance de sa mère». Et en abandonnant ici votre petit frère: «Malheureux enfant! s'écria-t-elle; mais je dois renoncer à toi ou à Firnos».

« Hélas! oui, elle n'était que trop fondée à l'appeler malheureux, quoiqu'elle ne pût prévoir sa destinée. Peu de temps après, il fut la déplorable victime de la jalousie du sultan, qui fit étrangler tous les enfans de son père».

A ces mots, le cri terrible de la vengeance mit l'épée à la main de tous ces braves.

Le prince paraît plongé dans une rêverie profonde; tout son espoir de retrouver sa mère s'était presqu'évanoui. Il s'était cru sur le point de voler dans ses bras, et il retombe dans la cruelle incertitude si la mort a mis un terme à ses maux, ou si elle est encore au pouvoir d'une bande de brigands. Il promène ses tristes pensées au milieu de ses camarades, occupés à leur tour des apparences d'une guerre la plus sanglante qui ait jamais désolé deux empires. Si les Nairs ont couru aux armes en faveur d'une femme étrangère, quelle éclatante vengeance ne tireront-ils pas de l'esclavage d'une sœur du Samorin, et de l'indigne meurtre de son neveu? Tout le Candahar doit être inondé de sang; aucun musulman ne doit échapper au tranchant du glaive.

Un Nair se présente. « Monseigneur, dit-il au grand-maître, le chirurgien a rappelé la malade à la vie ; ses accès ont cessé, et l'esclave qui s'était déguisé en meûnier, a non-seulement avoué qu'il avait été suborné par un eunuque pour la transporter hors du sérail, mais il a livré cette lettre, adressée au sultan ». — Adresse de la lettre :

AU SUBLIME SULTAN,

Mustapha, son esclave.

« Sélim, le fidèle Sélim n'est plus ; mais grâces soient rendues à Dieu, et à Mahomet, son prophète, il est mort pour le service de son maître. Quelle confiance peut-on mettre dans une femme? Le chef des eunuques avait surpris un vil chrétien dans les bras de cette Roxane, si soumise, et lui avait ordonné de se préparer à la mort, lorsqu'elle l'a poignardé. Mais elle vit encore pour s'applaudir de cet attentat sacrilége ; car hélas ! magnifique seigneur, les Nairs prostituent ton harem à tous les excès ; ils ont profané le mystère de tes amours ; il n'est aucune de tes femmes ni de tes concubines qui ne t'ait déshonoré, aucune qui ne mérite mille morts. Elles ont déchiré leurs voiles, et se promènent à visage découvert dans les jardins. Il n'y a pas un lit qui n'ait été souillé par l'adultère. A la retraite de ces abominables infidèles, il faudra tout purifier par le feu ; et si quelqu'une de ces misérables femmes retombe entre nos mains, qu'elle ne trouve point grâce devant tes yeux, que ses crimes soient effacés dans son sang.

» De tous tes eunuques, moi seul j'ai échappé à la mort ; et quand tes armes victorieuses auront repoussé ces détestables infidèles au-delà de leur fleuve, et que les provinces tributaires de ton empire t'auront envoyé les beautés qui briguent l'honneur d'être admises dans ton harem, peut-être, magnifique sultan, que tu me jugeras digne, par mon zèle, de succéder, dans sa charge, au trop malheureux Sélim.

» Enlevé (1), dès l'âge de quinze ans, du fond de l'Afrique, ma patrie, je fus d'abord vendu à un maître qui avait plus de vingt femmes ou concubines. Ayant jugé, à mon air grave et taciturne, que j'étais propre au harem, il ordonna que l'on achevât de me rendre tel, et me fit faire une opération pénible dans les commencemens, mais qui me fut heureuse dans la suite, parce qu'elle m'approcha de l'oreille et de la confiance de mes maîtres. J'entrai dans ce harem qui fut pour moi un nouveau monde. Le premier eunuque, l'homme le plus sévère que j'aye vu de ma vie, y gouvernait avec un empire absolu. On n'y entendait parler ni de divisions ni de querelles. Un silence profond régnait partout. Toutes ces femmes étaient couchées à la même heure, d'un bout de

(1) Lettres persanes.

l'année à l'autre, et levées à la même heure. Elles entraient dans le bain tour à tour ; elles en sortaient au moindre signe que nous faisions. Le reste du temps, elles étaient presque toujours enfermées dans leurs chambres. Il y avait une règle qui était de les faire tenir dans une grande propreté, et il avait pour cela des attentions inexprimables. Le moindre refus d'obéir était puni sans miséricorde.

» Je suis esclave, disait-il; mais je le suis d'un homme qui est votre maître et le mien, et j'use du pouvoir qu'il m'a donné sur vous : c'est lui qui vous châtie, et non pas moi, qui ne fais que prêter ma main. Ces femmes n'entraient jamais dans la chambre de mon maître, qu'elles n'y fussent appelées. Elles recevaient cette grâce avec joie, et s'en voyaient privées sans se plaindre. Enfin, magnifique sultan, moi qui étais le dernier des noirs dans ce sérail, tranquille, j'étais mille fois plus respecté que le premier eunuque ne l'a jamais été dans le tien.

» Dès que ce grand eunuque eut connu mon génie, il tourna les yeux de mon côté; il parla de moi à mon maître comme d'un homme capable de travailler selon ses vues, et de lui succéder dans le poste qu'il remplissait. Il ne fut point étonné de ma grande jeunesse; il crut que mon attention me tiendrait lieu d'expérience. Que te dirai-je? Je fis tant de progrès dans sa confiance, qu'il ne faisait plus difficulté de mettre dans mes mains les clefs des lieux terribles qu'il gardait depuis si long-temps. C'est sous ce grand maître que j'appris l'art difficile de commander, et que je me formai aux maximes d'un gouvernement inflexible. J'étudiai sous lui le cœur des femmes. Il m'apprit à profiter de leurs faiblesses, et à ne point m'étonner de leurs hauteurs. Souvent il se plaisait à me les voir conduire jusqu'au dernier retranchement de l'obéissance; il les faisait ensuite revenir insensiblement, et voulait que je parusse pour quelque temps plier moi-même.

» Mais il fallait le voir dans ces momens où il les trouvait tout près du désespoir, entre les prières et les reproches; il soutenait leurs larmes sans s'émouvoir, et se sentait flatté de cette espèce de triomphe. Voilà, disait-il d'un air content, comment il faut gouverner les femmes; leur nombre ne m'embarrasse pas; je conduirais de même toutes celles de notre grand monarque. Comment un homme peut-il espérer de captiver leur cœur, si ses fidèles eunuques n'ont commencé par soumettre leur esprit?

» Il avait non-seulement de la fermeté, mais aussi de la pénétration. Il lisait leurs pensées et leurs dissimulations; leurs gestes étudiés, leur visage feint ne lui dérobaient rien. Il savait toutes leurs actions les plus cachées, et leurs paroles les plus secrètes. Il se servait des unes pour connaître les autres, et il se plaisait à récompenser la moindre confidence. Comme elles n'abordaient leur mari que lorsqu'elles étaient averties, l'eunuque y appelait qui il voulait, et tournait les yeux de son maître sur celles qu'il avait en vue, et cette distinction était la récompense de quelque secret révélé. Il avait persuadé à son maître qu'il était du bon ordre qu'il lui laissât ce choix, afin de lui donner une autorité plus grande. Voilà comme on gouvernait dans un harem, qui était, je crois, magnifique sultan, le mieux réglé qu'il y eût en Perse.

» Mon attachement et ma fidélité à ton service m'ont dicté la mesure suivante. Une seule de tes esclaves a échappé à la contagion. Lorsque le sage Sélim s'aperçut qu'un Européen rodait autour du sérail, il fit enfermer l'Anglaise dans une chambre écartée, et maintenant il est certain que l'invasion actuelle n'a été faite par les Nairs que pour remettre cette femme en liberté; mais j'ai juré qu'ils ne réussiraient pas. Ils ont fait d'elle les recherches les plus exactes; il n'est point d'endroit si caché dans le sérail, ni même dans la ville, qui soit à l'abri de leurs perquisitions; en conséquence je l'ai envoyée dans un sac à farine, au palais d'été, jusqu'à ce que tu ayes daigné me faire connaître tes volontés suprêmes. Si elle est suffoquée avant d'avoir traversé le corps-de-garde des ennemis, ce malheur est infiniment préférable à celui de la voir tomber entre leurs mains pour insulter à nos pertes. Je ne l'ai pas gardée, pour qu'elle soit l'objet de ta tendresse; c'est une créature perverse et mutine, qui ne mérite pas cet excès d'honneur; et j'espère que tu me donneras l'ordre de remplir ton harem des charmantes vierges de la Géorgie et de la Circassie; car j'ai visité ces provinces, et personne ne me surpasse dans la connaissance de leur prix respectif. Qu'elles soient admises à ton auguste couche, et se félicitent de ta faveur! Mais mon infatigable vigilance n'a eu d'autre but que de venger sur cette Européenne la honte et les infamies dont elle est cause que ton sérail a été souillé ».

Le grand-maître, à la lecture de cette lettre, laissa éclater son indignation, et voulut voir le misérable qui pouvait se promettre une jouissance, des tourmens d'une femme sans crime et sans protection : mais Mustapha avait terminé sa honteuse existence; trahi dans son déguisement par l'esclave son complice, il avait tenté de poignarder l'Anglaise, et avait été mis en pièces par les Nairs.

« Mais où est donc cette Anglaise? s'écria Firnos. Chevaliers du Phénix, héroïques defenseurs de l'innocence opprimée, vous avez rempli vos généreux engagemens, je vous rends mille actions de grâces pour ma sœur Osva, car vous avez remis en liberté l'Anglaise, sa protégée. Mais allons, Lacy, cherchons-la. Elle est de votre pays, et peut avoir besoin de consolation ».

Ils suivirent le Nair : mais quel spectacle s'offrit à leurs yeux, en entrant dans l'appartement! Ils la virent dans les bras de Degrey. C'était sa sœur Emma. Elle avait la tête appuyée sur son épaule, il pressait sa main dans les siennes. Leur visage était baigné de larmes. A l'aspect de Firnos, Degrey voulut parler, mais la parole expira sur ses lèvres. Ses sanglots étouffaient sa voix. Enfin : « C'est ma sœur », dit-il. Le prince les serra l'un et l'autre contre son cœur, et leurs larmes se confondirent.

« Quelle satisfaction ma sœur ne ressentira-t-elle pas! dit Firnos ; car c'est elle qui a proposé cette expédition, c'est à elle que vous devez tous votre bonheur actuel. Elle a ouvert la prison de Lacy. Elle vous a sauvé, vous Degrey, déjà courbé sous la faulx de la mort. Elle vous a rendu votre sœur, et à votre sœur la liberté de ses droits. Mais hélas! cette même expédition, si heureuse pour vous, n'a pour nous d'autre résultat que la terrible obligation de venger les malheurs d'Agalva et le meurtre de son fils ».

A ces mots, le prince sortit, et Lacy l'accompagna, car Degrey et sa sœur, uniquement occupés d'eux-mêmes, ne firent aucune attention à leur compatriote.

On résolut dans le conseil de guerre que le grand-maître et la moitié de ses chevaliers se fortifieraient à Candahar, jusqu'à ce que l'on fût instruit du sort d'Agalva; que Firnos et Lacy se rendraient à Calicut pour y porter la nouvelle de ces événemens, et que les autres chevaliers escorteraient Walter et Emma Degrey, Roxane et toutes les sultanes, jusqu'aux frontières de l'Indostan.

Lacy s'affligeait de quitter Fatime. Malgré les délices que Calicut promettait à un étourdi tel que lui, il était désolé en abandonnant sa bienfaitrice. Il fit tous ses efforts pour l'engager à l'accompagner; mais, seule de toutes les femmes du harem, elle se détermina à y rester. Les autres, qui n'étaient pas mères, avaient raison de suivre leurs amans dans le séjour de la liberté; mais Fatime ne voulait pas vivre loin du sultan son fils. Les devoirs d'une femme envers son enfant sont des devoirs sacrés, car elle l'a reçu de la nature même qui est infaillible; mais elle ne doit rien à son amant, car il est de son propre choix; et si elle ne s'y est pas trompée, elle peut du moins espérer d'en faire un autre également heureux.

Avant de s'arracher de ses bras, la sultane fit présent à Lacy d'un ceinturon garni de diamans, et qui avait été travaillé dans le Malabar : il faisait partie des trésors du dernier sultan, et avait jadis appartenu à un Nair. Lacy promit à Fatime de le porter à Calicut, comme une marque de son tendre souvenir.

Enfin on donna le signal du départ, et la cavalcade se mit en marche. Les sultanes jetèrent un dernier regard sur les murs de leur prison ; mais jamais bonheur n'égala celui de Walter Degrey. Ses espérances les plus chères que le simple bon sens aurait dû désavouer, mais qui, comme un songe enchanteur, avaient charmé ses heures solitaires, paraissaient actuellement devoir se réaliser. Calicut, aux yeux d'un étourdi comme Lacy, ressemblait à un jardin planté par l'amour, où, tel qu'une abeille, il pouvait voltiger de beauté en beauté, et savourer les parfums de chaque fleur ; mais à l'ambitieux Degrey, il offrait un vaste théâtre, d'où il pourrait prendre l'essor de l'aigle, les yeux fixés sur le soleil de l'honneur.

Degrey cependant n'était pas ennemi de l'amour, surtout dans un pays où le mariage n'existe pas pour engluer ses ailes et ralentir son vol. Il le regardait au contraire comme le caractère propre d'une grande âme, car tous les héros, dans tous les âges, furent amans; mais l'amour n'occupait que la seconde place dans son opinion, et quand l'éclat des honneurs brillait à ses yeux, le flambeau de Cupidon ne jetait plus que de faibles étincelles.

Dans les premiers jours de leur voyage, il ne s'occupait que de la carrière qui allait s'ouvrir devant lui. Ami de Firnos, né dans le même pays qu'Osva, il avait d'ailleurs tant mérité du Samorin et de l'état, en aidant à la découverte de la seule descendante de Samora! Déjà il se voit élevé aux premières dignités de l'empire; et pour mettre le comble à sa félicité, sa sœur, à laquelle il n'avait pu penser sans remords, lui était rendue, et il serait bientôt en état de réparer toutes les injustices qu'il lui avait faites. Les enfans de cette sœur chérie devaient être ses héritiers. Il avait la plus grande impatience d'apprendre ses aventures ; mais au milieu du tumulte et des embarras du voyage, quelqu'incident avait toujours interrompu leur entretien. Dans le Candahar, les chemins sont trop étroits pour qu'on puisse s'y servir de voiture, et leurs blessures les avaient forcés de se faire porter séparément en litière. Enfin, n'ayant plus que quelques lieues à faire pour arriver aux bords de l'Indus, Walter fit monter sa sœur avec lui sur le même chameau.

Pendant que l'animal marche d'un pas grave, un tremblement subit saisit Emma ; elle détourna la tête, et Walter l'ayant fixée, lui vit les larmes aux yeux. — « Eh quoi, chère sœur, lui dit-il, qu'avez-vous donc ? mon bonheur est parfait, et vous êtes dans l'affliction » !

« Hélas ! oui, répondit-elle, le moment est arrivé où je dois empoisonner toute votre joie. Les soirs, en arrivant au caravanserail, je vous ai vu si serein et si gai ! et moi, je me suis retirée pour arroser mon chevet de mes larmes ! ô Walter, je ne puis plus long-temps suspendre mon histoire. Je connais votre tendre curiosité ; mais vous maudirez le jour où je vous fus rendue. De quelles scènes de corruption et de misère n'ai-je pas été témoin ! Quelles rigueurs n'ai-je pas éprouvées ! je ne devrais jamais revoir l'Angleterre, pour ne pas couvrir notre nom d'infamie. Si j'étais autrefois l'opprobre de ma famille, que suis-je donc maintenant, après toutes les indignités dont j'ai été la victime en Orient ?

» Vous vous souvenez sans doute de ce fatal matin où nous fûmes séparés à Tetouan (1) : le temps ne l'effacera jamais de ma mémoire. Je vous entendis conjurer les barbares de nous permettre au moins de nous embrasser pour la dernière fois ; je forçai le passage du pont ; je vous vis chargé de fers dans le bateau, et un anéantisse-

(1) Tome I, liv. III de cet ouvrage.

ment total me déroba à mon désespoir.

» Je ne sais ce qui se passa, pendant cet évanouissement : il était tard lorsque le pirate entra dans la cabane, et me dit en mauvais italien que je devais m'attacher à mon nouveau maître. Un Turc assez poli pour un musulman, me salua d'un air grave. J'étais bien aise de quitter le brutal pirate. Ce changement ne pouvait être qu'avantageux pour moi. On me dit de descendre dans le bateau ; mais pour me dérober à tous les yeux, on me jeta un manteau qui me couvrait de la tête aux pieds. Je ne pouvais absolument rien voir, mais le bruit des rames m'apprenait que nous étions encore sur l'eau. Enfin, nous arrivâmes au port ; on me conduisit, sans me permettre de voir, par des rues tortueuses ; l'irrégularité du pavé me faisait broncher à chaque pas, et j'étais presque suffoquée par la mauvaise odeur des ordures qu'on avait entassées de chaque côté : mais hélas ! il fallut bientôt m'habituer à tout ce qu'il y avait de dégoûtant parmi les musulmans.

» Enfin j'entendis fermer une porte sur moi. On m'ôta mon manteau, et je me trouvai dans la cour intérieure d'une maison assez ordinaire ; mais vous qui avez vu tant de villes mahométanes, vous savez, mon frère, que presque toutes les maisons en Afrique et en Asie sont bâties sur le même plan ; ainsi je ne vous ferai pas la description de celle-ci. Une foule de femmes vinrent m'examiner avec la plus grande attention, et firent leurs observations dans une langue que je n'entendais pas. Une des plus vieilles m'apporta une portion de riz, et m'ayant conduite dans une espècede cellule, me montra par un signe le lit qui m'était destiné, et ferma la porte en dehors, en m'abandonnant à mes réflexions.

» Je n'essaierai pas de vous peindre l'agitation mortelle où je passai cette nuit. Au malheur de me trouver à la merci de cette odieuse nation, et loin de vous, mon unique protecteur, ajoutez mon incertitude sur votre sort, de vous qui étiez destiné à un traitement horrible peut-être, infiniment au-dessous des horreurs qu'éprouvait votre infortunée sœur.

» Le lendemain, le Turc vint me faire une visite, et après quelques questions sur ma santé, il me conduisit.... Mais épargnez ma pudeur : une femme honnête peut-elle confier même à son frère de pareils outrages! Il se mit avec le plus grand sang froid à m'examiner, et parut même étonné de ma résistance. Il s'aperçut de la perte de ma vertu; le pirate l'avait trompé; il me repoussa avec une telle violence que je tombai du lit, la tête sur le parquet. On me traîna devant le cadi où il fallut subir un nouvel examen.

» Mon maître était chargé d'acheter des esclaves pour le grand-seigneur; et c'est un crime capital d'introduire d'autres femmes que des vierges dans le sérail de Constantinople. Les Maures n'ont aucune idée de la modestie, de la délicatesse ou de la vertu, mais ils regardent la perte de ces qualités comme un défaut qui diminue le prix d'une femme dans l'opinion d'un voluptueux, de même que les vices d'un cheval le dégradent aux yeux d'un maquignon. On condamna le pirate à me reprendre, à rendre l'argent que j'avais coûté, et à payer une amende à l'empereur de Maroc.

» Alors il me couvrit la tête d'un voile, avec deux œillets, tel qu'en portent les pénitentes dans les pays catholiques. Il avait déjà vendu toutes ses autres esclaves. En sortant de chez le cadi, nous rencontrâmes un autre pirate qui chassait devant lui un capucin espagnol. — Le diable l'emporte! dit mon maître; je voulais mettre à la voile, et je ne puis me défaire de cette femme. Ecoutez donc, l'ami, vous n'êtes pas pressé de lever l'ancre : je vous la troquerai, si vous voulez, contre votre moine.

» A ces mots, il me mène dans un coin de la rue ; et regardant autour de lui, s'il n'y avait pas quelque témoin indiscret, il leva mon voile et me fit voir à son camarade. Mais celui-ci secouant la tête : — Non, non, dit-il, le capucin est pour moi de l'argent comptant ; les frères de la Merci sont obligés de le racheter. Quant à cette femme-là, ce n'est qu'un squelette ; elle coûterait plus à engraisser qu'elle ne vaut ; elle pourrait me rester long-temps sur les bras, avant que j'eusse trouvé un amateur : mais comme la mer vous appelle, je veux bien la garder pendant votre absence, et s'il se présente une occasion, je la vendrai à votre profit.

» Cette proposition ayant été acceptée, le patron du capucin lui donne un coup de pied, pour hâter sa marche ; et me prenant par le bras, il me conduit chez lui.

» Là, je fus regardée comme un simple objet de commerce. Le barbare me visitait tous les matins, non pour me demander s'il pouvait, de quelque manière, contribuer à mon bien-être, pendant que j'étais sous sa protection, mais pour s'assurer si j'acquérais de l'embonpoint. Dans cette cruelle position, j'étais dévorée d'inquiétudes, je me promenais continuellement dans la cour : mais craignant que cet exercice trop répété ne retardât l'accomplissement de ses désirs, le barbare eut la dureté de me faire rester assise. En un mot, on me traitait de la même manière que la volaille qu'on engraisse pour le marché de Londres ; et quand mon abattement et le défaut de mouvement m'avaient ôté l'appétit, un esclave, le bâton à la main, me forçait de manger une certaine quantité de riz par jour. On me donna aussi une soupe à laquelle on attribuait la vertu d'engraisser. Je ne lui trouvai aucun goût désagréable, et c'était toujours une diversion à ce riz éternel dont on me surchargeait ; mais enfin je découvris qu'elle était composée de petits chats et de petits chiens. Imaginez quelle fut alors ma répugnance. Cependant, quoiqu'elle m'excitât sans cesse au vomissement, on me menaça de la bastonnade ; il fallut donc bien en avaler une portion déterminée par semaine.

» Enfin je fus vendue au gouverneur d'une des provinces intérieures. Dans ce nouveau harem, je jouis au moins d'un avantage. Ma vertu, si, après toutes mes erreurs en Europe, je pouvais encore m'en attribuer, n'y fut point attaquée, et ce fut pour moi, une consolation au milieu des mauvais traitemens que j'essuyais. Loin d'être personnellement en faveur, je n'étais que la suivante d'une favorite, et je ne fus jamais admise en présence du gouverneur : mais à quelle vie malheureuse me condamnait la dure nécessité d'obéir aveuglément aux caprices d'une créature qui, digne d'habiter un sérail, avait toute l'ignorance, sans avoir l'innocence d'un enfant !

» Notre maître passait toutes les matinées dans son divan, ensuite il se retirait dans son harem, où il entretenait dix à douze femmes; mais s'il arrivait qu'il jetât le mouchoir à quelqu'autre qu'à celle que je servais, cette maîtresse, aussi injuste que bizarre, l'attribuait à ma négligence dans la disposition de sa coiffure, et s'en vengeait toute la soirée, en me battant et en me tourmentant.

» Quelques mois après mon arrivée, le gouverneur fut informé par un espion qu'il entretenait à la cour de Maroc, que son successeur était déjà en route, accompagné de deux muets chargés de l'étrangler. Ce monstre farouche résolut de tromper l'avarice de ses ennemis. Comme il ne possédait rien de plus précieux que ses chevaux (car, dans l'Orient, un cheval est ordinairement d'un prix supérieur à celui d'une femme, et il se piquait d'en avoir de la race de Salomon), il les fit tous tuer sur-le-champ; et ayant poignardé tous les esclaves qui se trouvèrent sous sa main, il passa dans son harem où il égorgea également toutes ses femmes, l'une après l'autre, non par jalousie, mais pour les dérober à son successeur. Ma maîtresse m'avait battue la veille, pour avoir oublié ses boucles d'oreilles qui étaient de la plus grande valeur; et comme si c'eût été un châtiment du ciel, le barbare les lui arracha avec tant de violence, que le sang en jaillit à grands flots, et finit par lui percer le cœur. Ensuite, ayant dépouillé ces cadavres de leurs diamans et de tout ce qu'ils avaient de précieux qu'il pût emporter, il monta sur le seul cheval qu'il s'était réservé, et alla chercher un asyle dans un royaume voisin.

» A son arrivée, le nouveau gouverneur trouva les portes du sérail fermées; et ayant en vain frappé pour se lés faire ouvrir, il les fit briser. Les appartemens et les cours ne lui offrirent qu'une affreuse solitude. Tous les esclaves avaient pris la fuite, le harem était inondé de sang. Le chirurgien, ayant remarqué que je donnais encore quelques signes de vie, offrit de me sauver, et je lui fus abandonnée en toute propriété pour prix de ses peines. Il ne s'imaginait guère que je fusse la nièce du grand-chancelier d'Angleterre.

» Mes blessures se fermèrent par les soins de cet Esculape; mais je lui ai bien peu d'obligation, car combien n'ai-je pas souffert depuis? Lorsque je fus entièrement rétablie, il demanda, comme sa récompense, que je cédasse à ses désirs. Je lui opposai la résistance d'une femme vertueuse, quoique, si j'eusse continué à n'appartenir qu'à lui, mon sort eût été bien plus heureux qu'il ne le devint; car il m'avertit qu'il n'était pas assez riche pour entretenir une femme, mais qu'il voulait seulement s'en servir jusqu'à ce qu'une occasion se présentât de s'en défaire avec avantage.

» Un marchand d'esclaves m'acheta peu de temps après, probablement pour une bagatelle ; car, parmi toutes les esclaves qu'il exposait dans les différens marchés, on me traitait toujours comme la plus vile. Je ne vous expliquerai pas, mon frère, tous les plans que je formais de jour en jour, pour recouvrer ma liberté. Constamment trompée dans mes espérances, une fois réduite au désespoir, je me suis plongée dans un étang pour y trouver le terme de ma déplorable existence. Une autre fois, j'étais parvenue à m'échapper ; mais un eunuque, m'ayant rattrapée, me maltraita inhumainement : car les mahométans connaissent si peu les lois de la galanterie, qu'ils n'ont pas honte de frapper une femme ; et quoique je n'eusse jamais pu de moi-même concevoir une telle idée, une sultane me fit un jour remarquer qu'un eunuque, étant privé de la faculté d'aimer, se faisait un plaisir de fouetter une femme, ne fût-ce que pour jouir du spectacle de ses charmes.

» En voyageant, on m'enfermait tantôt dans une cage d'osier fixée sur un cheval, et dont les rideaux se fermaient exactement, tantôt dans un de ces paniers qu'un chameau porte de chaque côté. On me transporta de ville en ville, de royaume en royaume, cachée par un voile si épais que je ne pouvais rien distinguer. En arrivant dans les caravanserails, on nous séquestrait à tous les yeux, jusqu'au moment du départ, de manière que j'ai vu aussi peu de villes que de campagnes ; et comme leurs noms ne sont pas les mêmes en Europe, je ne puis citer aucunes de celles par lesquelles je suis passée. Si quelqu'amateur paraissait vouloir nous acheter, il avait le droit de nous examiner ; et comme c'était le plus ordinairement un eunuque, on nous obligeait de nous déshabiller. On ne nous interrogeait pas seulement sur nos talens, mais on nous faisait marcher, courir, danser, et sauter par-dessus un bâton, lui souffler au visage, et montrer nos dents. Enfin un maquignon n'aurait jamais fait subir à un cheval un examen plus rigoureux.

» O vous, beautés de la France et de l'Italie, où vous recevez les respectueux hommages des cavaliers les plus galans et les plus généreux, traversez seulement la Méditerranée, et vous verrez à quelles humiliations vous serez dévouées !

» Dans toutes les villes, le marchand vendit quelques-unes de mes camarades, et les remplaça par d'autres ; mais personne n'avait témoigné la moindre velléité de m'acheter. J'avais probablement parcouru les royaumes d'Alger, de Tunis et Barca ; mais j'ignorais dans quelle contrée de l'Afrique je me trouvais, lorsqu'un jour, un vent violent ayant emporté mon voile, je pus enfin faire usage de mes yeux, pour la première fois depuis plusieurs mois, et je vis, à quelque distance, les pyramides d'Egypte, dont l'énorme masse projetait son ombre sur la plaine. Oui, mon cher Walter, j'étais en Egypte. Quelle confusion dans mes idées! quelle agitation et quel trouble dans mes sentimens! qui aurait jamais cru, dans les jours de notre enfance, lorsque notre tendre mère consacrait toutes ses soirées à notre éducation, et que nous lisions ensemble l'histoire des Ptolémées, des Pompées et des Césars; qui aurait jamais cru que j'étais destinée à voir la patrie de Cléopâtre, dans une aussi déplorable situation! Et l'illustre chevalier du Temple, messire Reginald Degrey, devant le portrait duquel, vous, qui n'étiez encore qu'un enfant, vous étiez ravi en admiration! ce grand homme, lorsqu'il dictait des lois au soudan, aurait-il pu prévoir les humiliations qui déshonoreraient une de ses petites nièces, sur les bords du Nil? Toutes les anecdotes de notre jeunesse et de notre famille se retracèrent alors à mon esprit; j'oubliai et César, et Pompée, et Cléopâtre, pour ne m'occuper que de notre chère mère, d'Edmond et de vous. J'avais les larmes aux yeux, lorsque le chamelier, s'étant aperçu que j'avais perdu mon voile, m'en donna un autre. Je désirais considérer les pyramides, mais il se serait moqué de ma curiosité, quand même j'aurais pu lui expliquer, dans la langue du pays, quel en était l'objet. J'étais probablement la seule personne de toute la caravane qui sût ou pensât par qui et pourquoi on les avait bâties, et qui eût jamais entendu parler des personnages illustres qui brillèrent jadis dans ce pays. De toutes mes compagnes, j'étais la plus à plaindre; mais je dois l'avouer, l'idée de ma supériorité me procurait quelqu'espèce de plaisir.

» Enfin, nous nous arrêtâmes dans une ville, où, le même soir, le marchand trouva pour moi un acheteur qui, après m'avoir examinée, paya une somme d'argent; m'ayant enfermée pour cette nuit, il emporta la clef. Le lendemain, il revint et me conduisit chez lui.

» Ici, j'eus la faiblesse de me flatter d'une lueur de félicité; il me semblait n'être plus dans un pays mahométan. Les portes de mon nouveau séjour ne se fermaient jamais; on n'y voyait ni grilles ni verroux; les femmes auxquelles on m'avait associée, m'avaient accueillie avec une franchise qui annonçait une union et une harmonie peu communes parmi les rivales du même harem. On leur permettait d'aller et venir en toute liberté. Deux d'entr'elles m'invitèrent à faire avec elles un tour de promenade pour voir la ville; et c'est la seule de l'Orient qu'on m'ait laissé voir à loisir. Je commençai à concevoir une idée favorable de mon nouveau maître, qui traitait ses femmes avec tant de bonté; mais je craignis quelquefois que mes compagnes n'abusassent de son indulgence; car, quoique les autres femmes qui se montraient même très-rarement dans les rues, fussent voilées jusqu'au bout des doigts, mes nouvelles amies sortaient non-seulement sans voile, mais le sein découvert d'une manière indécente. Combien elles connaissaient peu cette pudeur qui fait la gloire de notre sexe, et qui distingue les mahométanes! Elles riaient et faisaient des signes à tous les hommes qu'elles rencontraient. J'en ai souvent rougi pour elles, et je frémissais que leur époux ou leur maître, car j'ignorais si elles étaient mariées ou esclaves, ne fût averti de leur mauvaise conduite, et ne les renfermât à l'avenir.

» Mais, ce qui m'étonnait davantage, c'est que nous avions de la musique tous les soirs. Notre maître, loin d'en ressentir de la jalousie, nous permettait de danser devant des étrangers. J'imaginai qu'il avait voyagé et adopté les usages de l'Europe. J'espérai d'abord qu'il entendrait quelqu'une des langues qu'on y parle, et que par-là je pourrais convenir avec lui d'un prix pour ma rançon; car je ne savais de celle du pays que les mots nécessaires pour demander les choses de premier besoin.

» Enfin, la tranquillité et la bonne chère m'avaient rendu ma bonne mine. On me témoigna plus d'égards qu'auparavant; on me donna un des meilleurs appartemens; tous les jours on me faisait prendre le bain, jouissance inappréciable sous un climat aussi ardent. Mais, hélas! avec ma fatale beauté, mes malheurs recommencèrent. L'indifférence de mon maître ne changea pas, mais il me prostitua au premier venu. Tous les soirs, je devais me soumettre aux horreurs d'une nouvelle union. Il fallut souffrir les caresses d'un chamelier, d'un muletier, ou de quelqu'autre voyageur de la lie du peuple, souvent couvert de sueur et de poussière. Mais les personnages qui me tourmentaient le plus fréquemment et davantage, étaient les dervis, espèce plus grossière et moins aimable que les capucins d'Europe. La patience, mon cher frère, vous manquerait pour me suivre dans ces dégoûtans détails. Hélas! les siècles de l'élévation et de la noblesse dans les sentimens ont disparu; alors l'épée d'un frère aurait délivré à la fois une sœur infortunée et de l'infamie et de son désespoir.

» Permettez-moi de vous interrompre, dit Walter; êtes-vous bien sûre, ma chère sœur, que vous étiez en Égypte? Je croirais plutôt que vous étiez tombée entre les mains du chef des Druses, qui invite tous les voyageurs qui passent par Martuan (1),

(1) Voyez la description de ce village. — Feuilleton du Publiciste, 3 thermidor an 11.

village situé à dix lieues d'Alep, de choisir parmi les femmes de son harem ?

» Non, mon frère, répondit Emma : ce qui me persuada que j'étais vraiment en Égypte, c'est que, pendant quelques mois de l'année, tout le pays était inondé; mais je ne pouvais que le conjecturer, et il était possible que je me fusse toujours trompée, jusqu'à un certain jour qu'on me livra à un étranger. Je me refusai à ses embrassemens; car mes longs malheurs n'avaient pas éteint en moi tout sentiment. Il se mit dans une colère terrible contre mon obstination, et vomit en italien un torrent de juremens affreux. Il y avait si long-temps qu'aucune langue européenne n'avait frappé mon oreille, que je tressaillis de joie au son de ce qui n'était que des blasphêmes les plus horribles. Je me jetai à ses pieds, en le conjurant de respecter ma vertu. — Qui se serait attendu, s'écria-t-il, à tant de grimaces dans un lieu public ?

» A ce mot, peu s'en fallut que je ne m'évanouisse. Quelle fut mon horreur, lorsqu'il m'apprit que, dans toutes les villes et les villages des bords du Nil (1), il y a des lieux publics gratuits pour le plaisir des voyageurs, et que les riches musulmans croient faire, en mourant, un acte de piété de fonder ces maisons hospitalières, et de les peupler de filles destinées à remplir leurs charitables intentions! Walter, autrefois le souvenir de ma première faiblesse me faisait trembler devant vous; aurai-je la force de continuer? Permettez que je voile ces scènes d'infamie.

» Cet étranger était un renégat ita-

---

(1) Buffon.—La prostitution, à Carthage, avait aussi ses temples. Une loi religieuse appelait les filles à y trafiquer d'elles-mêmes. Leur dot se composait du produit de cet infâme commerce, et la superstition allait chercher les mères de famille dans les lieux où aucune d'elles n'oserait entrer. — *Esprit de l'Hist.* par FERRAND.

lien. Il soupira en m'avouant qu'il se trouvait malheureux. Eh! comment ne l'aurait-il pas été, lui qui avait abandonné la foi de ses pères? Je lui découvris ma naissance et mon rang en Angleterre, et lui proposai de faire sa fortune s'il voulait favoriser mon évasion. Il promit de revenir une nuit de la semaine suivante demander à coucher avec moi, et de tenir tout prêt pour notre fuite. Nous convînmes de descendre par la fenêtre, et de faire notre possible pour être, avant le jour, hors d'atteinte, si toutefois on daignait poursuivre une vile prostituée. Tel était mon état de dégradation, que je comptais sur mon avilissement pour assurer ma liberté.

» Le temps me parut avoir perdu ses ailes pendant cette semaine éternelle. Je comptais toutes les heures, tous les momens; j'entendais les imans sur les minarets annoncer toutes les prières; mais ce qui rendait ma position plus insupportable encore, c'est que je devais, toutes les nuits, recevoir dans mes bras le premier voyageur qui se présentait.

» Enfin, notre fuite était fixée à la nuit suivante. L'idée de ma prochaine délivrance me transportait au point que je me couchai machinalement avec un marchand de Bagdad, et qu'entre ses bras même je m'occupai de choses dont j'étais éloignée de plusieurs mille lieues. Le lendemain, à son lever, étant allé préparer ses chameaux, tout à coup il réveilla la maison, en criant aux voleurs; on lui avait pris ses sacs de charge. Il cita notre maître devant le cadi; mais la maison étant une fondation de charité, ne possédait pas de fonds pour un cas extraordinaire. Ainsi le magistrat crut avoir jugé comme un autre Salomon, en permettant à l'accusateur de garder sa compagne de lit en dédommagement des effets qu'il avait perdus. Imaginez ma désolation; je me croyais au moment de ma liberté, et presqu'en route pour retourner chez mon frère Edmond, et peut-être me jeter entre vos bras, mon cher Walter. Je pleurai, je priai, je me débattis en vain. Quel mahométan fut jamais sensible aux larmes, aux prières, à la résistance d'une femme?

» On me fit monter sur le chameau, à la place des sacs; et après avoir traversé un long et ennuyeux désert, nous arrivâmes dans une ville que plusieurs circonstances me font croire être Alep. Il y réside un consul britannique et une foule d'Européens. J'espérai parvenir à réclamer sa protection, et par son crédit obtenir ma rançon; mais cet espoir s'évanouit encore. Un négociant anglais s'étant hasardé de se promener dans les rues avec sa femme qui n'avait point de voile, un Turc l'insulta et se mit à crier: *Frangi buen*. Car, comment détromper les Turcs, que tout Européen qui a, selon leurs idées, la faiblesse d'avoir pour sa femme de la douceur et des égards, et de prendre quelque confiance dans son honneur, est conséquemment un cocu?

» Notre compatriote ne pouvant contenir sa colère, eut l'imprudence de le frapper. Toute la populace devint furieuse qu'un chien de chrétien eût osé frapper un vrai croyant. L'autorité du magistrat fut impuissante. On pilla les maisons de nos marchands; le gouvernement leur conseilla d'évacuer la ville jusqu'à ce que le tumulte fût appaisé; et avant leur retour, mon patron quitta Alep.

» Ma chère sœur, dit Walter en l'interrompant, quel destin impitoyable nous a donc séparés partout! Nous étions alors si près l'un de l'autre! Quelqu'obstacle s'est toujours élevé entre nous. J'étais moi-même à Alep, où m'avait conduit l'espérance d'avoir de vos nouvelles, lorsque cette émeute populaire me fit accélérer mon départ pour Bagdad.

» Et nous aussi, continua Emma, nous partîmes pour cette ville; et un étranger qui n'a aucune idée de la brutalité mahométane, pourra-t-il jamais deviner ma manière de voyager, moi qui en Angleterre n'avais jamais fait une promenade de plus de deux lieues, sur le cheval le plus doux et la selle la plus molle. Figurez-vous comment j'ai dû faire, à raison de dix-huit par jour, un voyage de quatre cents lieues, par les chemins les plus détestables et sur une des montures les plus rudes. Mais qui pourra se former une idée de la patience d'une femme, et décider jusqu'à quelles fatigues et quels mauvais traitemens son physique même est en état de résister ! Quelquefois mourante de soif, et presque suffoquée par le défaut d'air dans ce climat brûlant, on me forçait, moi dont tous les membres n'étaient que douleur et qui avais la peau toute déchirée; on me forçait de marcher à cheval, ensevelie dans un sac de canevas.

» Oh ! oui, dit Walter, un témoin oculaire d'une telle barbarie peut seul la concevoir (1). Dans ce trajet même entre Mosul et Bagdad, nous étant, un matin, réunis à une petite caravane, j'aperçus un sac debout sur un cheval; mais quel fut mon étonnement et mon indignation, en apprenant que c'était une femme ! Peu après je la vis tomber. Je volai à son secours; mais son maître, sans lui témoigner la moindre compassion, me repoussa, en me disant de m'occuper de mes propres affaires. Je craignis qu'elle ne se fût blessée par sa chute, car nous continuâmes notre route sans elle.

» Je ne me suis donc pas trompée alors, mon frère, dit Emma, ce n'était ni un songe, ni une illusion. J'ai entendu votre voix, elle pénétra jusqu'à mon cœur. Votre accent me fit évanouir; et à mon réveil, je me trouvai

(1) Voyages de Campbell.

seule avec le marchand dans un misérable caravanserail. Tous nos compagnons de voyage nous avaient quittés : vos paroles restèrent gravées dans ma mémoire, mais je ne pus vérifier si je m'abusais ou non ».

» Je ne pus me contenir, reprit Walter, à la vue d'une étrangère dans une telle situation ; mais si la possibilité que ce fût vous se fût présentée à mon esprit...». Il s'arrêta, fronça le sourcil, mit involontairement la main sur la garde de son épée. Emma pencha la tête sur l'épaule de son frère et fondit en larmes. Après un court silence, une secousse du chameau l'ayant tirée de sa rêverie, elle continua :

« Il n'est pas étonnant que vous ne m'ayiez pas découverte à Bagdad. J'y fus renfermée dans une chambre de douze pieds en carré. On ne me permit de prendre de l'exercice que dans une cour aussi étroite que celle de notre maison de Londres, et entourée d'un mur très-élevé. Mes fenêtres ne donnaient que sur la cour; et quand même elles auraient pris jour sur la rue, la jalousie de mon maître m'eût défendu d'en approcher; ainsi ensevelie toute vivante, je ne voyais d'autre figure humaine que ce maussade vieillard. J'ignorais ce qui se passait en ville; n'ayant ni amusement, ni lecture, ni occupation, je pensai périr d'ennui. En Europe une femme est à plaindre, lorsqu'elle est mariée à un vieux radoteur, qui aurait pu être son père; mais elle est dans une situation délicieuse, en comparaison de la vie que je menais. Une favorite dans le harem d'un sultan, est malheureuse; mais elle goûte au moins les charmes de l'amitié; si elle doit renoncer aux plaisirs de l'amour, elle jouit parmi ses compagnes de quelque société: mais imaginez quelle triste existence que celle de la concubine d'un musulman, qui n'a pas les moyens de lui donner une esclave pour la servir, ni un eunuque pour veiller sur sa chasteté. Lorsqu'il sort, il faut qu'il la mette sous la clef, comme on enferme un cheval à l'écurie.

» Je crois vraiment que, comme certain prisonnier de la bastille, j'aurais pu me faire une favorite d'une araignée. Quand j'aurais eu commis les crimes les plus atroces, on n'eût jamais pu inventer de plus cruel supplice que cette affreuse solitude. En vérité, je rends grâces au ciel qu'on ne m'ait pas laissé le choix; j'aurais pu lui préférer la prostitution dans laquelle j'avais vécu en Egypte.

» Ce fut dans cette désespérante prison que je reçus la visite (1) du chevalier de Malte, mais il vous a probablement peint les horreurs que j'y éprouvais. Plusieurs mois s'étaient lentement écoulés depuis son départ, mais je ne savais pas au juste combien : je

(1) Tome II, liv. VI de cet ouvrage.

n'avais ni plume ni encre ; je tâchai en vain de graver sur le mur le nombre des journées. Tantôt je me flattais de l'espérance de voir bientôt arriver l'heureux moment de ma rançon ; tantôt le sentiment de mon avilissement me faisait craindre que ma famille, justement irritée, ne m'abandonnât à mon malheureux destin, pour que mon infamie fût ensevelie dans un pays étranger.

» Mon maître était marchand. Vous savez que dans l'Orient chaque profession a une rue qui lui est assignée, et que les ateliers des artisans se trouvent souvent dans un quartier fort éloigné de leur demeure. Mon maître, en se rendant le matin à sa boutique, me laissait des provisions pour la journée ; il fermait la porte à la clef. Un soir il ne revint pas, et je fus obligée de passer la nuit à l'attendre ; le lendemain, il ne revint pas encore, et il fallut me contenter du reste des provisions de la veille ; mais le troisième jour, il n'y eut absolument plus ni pain, ni quoi que ce fût à manger dans la maison.

» Je craignis qu'il ne lui fût arrivé quelqu'accident. Je ne dirai point qu'il m'inspira la moindre inquiétude, il était pour moi un objet de haine et d'horreur; mais s'il avait succombé à une attaque d'apoplexie, je courais risque de mourir de faim. En vain je frappai à la porte à coups redoublés, et me mis à crier de toutes mes forces; on fut long-temps avant de m'entendre, et alors même personne ne comprit mon mauvais dialecte. On soupçonna, ce qui arrive si souvent chez les Turcs, que quelque mari battait sa femme. Encore deux jours, et mes cris se fussent perdus dans les airs.

» J'étais prête à tomber en défaillance, à force de jeûner, et au comble du désespoir; par hasard, j'aperçus un fagot; j'allume une mèche, je mets le feu à la porte, et m'échappe à travers les flammes.

Quand je pense à mon courage dans cette circonstance, j'ai peine à me reconnaître moi-même; mais, hélas! les flammes qui m'avaient sauvée se communiquèrent à notre misérable maison de bois; et en un instant toute la rue ne fut plus qu'un monceau de cendres.

» On me traîna encore une fois devant le cadi; mais la faim l'emporta tellement sur ma peur, que, sans faire attention aux accusations d'incendie dont mes voisins me chargeaient, je fis signe que j'avais besoin de manger. Aucune espèce d'alimens n'avait touché mes lèvres depuis trois jours. Enfin, quand j'eus réparé mes forces, je parvins à expliquer ma conduite. Mon maître ne reparaissait toujours pas, et il s'écoula encore quelques semaines avant qu'on découvrît qu'en retournant le soir chez lui, ivre d'opium, il était tombé dans un canal. Comme je n'appartenais plus à personne, on me vendit au profit de ceux qui avaient été incendiés, et j'échus en partage, par droit de propriété, à un artisan qui vivait plus mesquinement que le plus pauvre manufacturier en Angleterre. J'étais presque suffoquée dans son étroite cabane par la fumée du tabac, car le vilain ne faisait que fumer du matin au soir.

» C'était un des hommes du monde les plus débauchés. Ayant un jour perdu son argent dans un café, il vint me chercher et me mit sur le jeu: celui qui me gagna me rejoua à son tour, et les autres firent successivement de même. Je ne sais combien de fois je changeai de maître parmi ces brutaux dans le cours d'une seule nuit. Tremblante et couverte de mon voile, on me poussait derrière le siége de mon nouveau maître, pour y attendre à qui la fortune du jeu me céderait. A la fin de la soirée, j'échus à un Persan qui avait été en pélerinage à la Mecque, où il avait fait l'acquisition de trois aunes de toile pour lui servir de drap funèbre à sa mort : je le suivis donc à Ispahan.

» C'était le plus superstitieux des dévots. Il croyait même aux jours heureux et malheureux, il avait donné une preuve de cette folie en quittant Bagdad ; car, pour ne pas se mettre en route un mardi, il voulut, malgré un orage et l'absence de la lune, partir le lundi soir. Il n'est pas de chrétien plus convaincu de la divinité du Rédempteur et des vérités de l'évangile, qu'il ne l'était de la mission des cent vingt-cinq mille prophètes et de Mahomet, le terme de toutes les prophéties. Il jeûnait ponctuellement, et portait en talisman autour de son bras, un proverbe du prophète Ali, gravé sur une plaque d'argent. Il ne faisait rien, même ce qu'il y a de moins important, sans avoir consulté un dervis, et jamais capucin n'eut plus de talens pour écorcher ses brebis que cet homme de Dieu, à qui mon maître, quoique jaloux comme tous ses compatriotes, accordait tant de confiance, qu'il me laissait quelquefois seule avec lui; et cet hypocrite, loin de se faire le moindre scrupule de tromper son ami, s'étonna que je fusse plus délicate que lui-même, tourna en ridicule son aveugle crédulité, et me tint sans détour le langage de l'impudicité.

» O mon frère! à qui se fierait-on, quand les serviteurs des autels foulent aux pieds les devoirs de la religion? Ensuite il me fit ses propositions avec la dernière effronterie. Mais j'ai déjà observé que toute idée de vertu et tout sentiment d'honneur sont absolument étrangers aux femmes mahométanes. Il faut des grilles et des verroux pour les contenir; loin de rougir et de trembler lorsqu'on cherche à les séduire, elles se font un aussi grand plaisir de tromper leurs maris ou leurs maîtres, que les petites filles, dans nos pensions, de tromper leurs gouvernantes. Mais j'ose me flatter que mon cher Walter a trop bonne opinion de moi pour me croire capable d'un crime volontaire et réfléchi. Quand j'ai failli, c'était par nécessité, et non par choix, et le Dieu des miséricordes pèsera la volonté plutôt que les actions. Ma résistance ne fit qu'exciter les désirs du dervis. Mon maître étant tombé malade, son perfide ami excita tellement les craintes et les scrupules de sa conscience, qu'il lui persuada que sa maladie n'était qu'un châtiment du ciel offensé de son commerce impie avec un *Feringi* (c'est ainsi qu'on appelle les chrétiens en Perse). Le malade résolut donc d'éloigner le danger ce jour même; mais la fièvre l'empêcha de me conduire lui-même sur le marché; le dervis protesta qu'il ne se souillerait pas en me touchant, et parut enfin céder à la proposition de me vendre au profit d'une mosquée voisine, qui devait offrir des prières pour le rétablissement de son bienfaiteur; mais au lieu de me vendre, ce tartuffe, qui ne se jouait pas moins de l'église que de ses amis, m'emmena chez lui pour servir à ses plaisirs.

» Toutes les indignités que j'avais éprouvées dans les lieux de prostitution, ne sont rien au prix de celles dont ce monstre m'accabla. Mon infamie était alors publique ; et tout ce qui est public, le vice même, perd de sa grossièreté et devient plus décent que ce qui se passe dans les ténèbres. Mon nouveau maître et deux autres dervis, qui avaient coutume de se retirer dans sa cabane, s'étant enivrés d'opium et de vin (car cette canaille n'avait pas le moindre respect pour les lois les plus saintes de son prophète), me forcèrent de danser nue devant eux. Mais je ne convenais pas à ces libertins; je ne pouvais irriter leurs désirs, et mes pleurs distillaient dans la coupe de leurs plaisirs.

» Enfin, l'un d'eux ayant découvert

une jeune étourdie, plus propre que moi à leurs orgies, on me vendit à une vieille, qui gardait quelques malheureuses filles dans le quartier des *dévoilées*. On appelle ainsi une partie de la ville, à cause du nombre des prostituées à qui la police interdit l'usage des voiles. C'est le Palais-Royal d'Ispahan.

» Je ne vous ferai pas le tableau de ma nouvelle position. J'avais épuisé tous les genres d'horreurs, rien ne m'étonnait plus, rien ne me paraissait nouveau ; mais cependant je fus scandalisée de la momerie que les Persans font de la religion. Esclaves à la fois de la superstition et de l'impudicité, ce ver rongeur de la conscience les pique au milieu de leurs débauches ; et pour faire taire leurs scrupules, ils ont inventé des contrats de jouissance (1) (car ce serait un crime de les appeler contrats

(1) Voyages de Chardin, en Perse.

de mariage) pour une, deux ou trois heures, ou pour la nuit entière. On les signe et contresigne, et des prêtres, parmi lesquels mon dernier maître paraissait être la meilleure pratique de la maison, sont toujours prêts à donner leur bénédiction à cette prostitution orthodoxe.

» Enfin je quittai ce théâtre de l'humiliation et de l'infamie. La mère du Shah avait reçu en présent un clavecin de quelque compagnie commerçante de l'Europe, mais aucune femme, dans le harem, ne connaissait cet instrument. Un crieur public offrit, au son de la caisse, par toute la ville, une somme considérable à la première esclave européenne qui saurait la musique. J'étais connue de tout Ispahan. La curiosité m'avait procuré tant de visites; comment rester ignorée? Le chef des eunuques se rendit, en cérémonie, au lieu où j'étais. Je n'imaginais guère que cet officier fût aussi grand seigneur. La vieille, toute tremblante, me fit paraître; elle n'était point encore instruite du motif qui l'amenait.

» Cet important personnage me questionna, d'un ton d'autorité, sur mes connaissances en musique. Heureusement j'avais appris à jouer médiocrement quelques airs. Après une courte délibération si on oserait introduire dans le sérail royal une prostituée, on s'y décida, la princesse voulant absolument avoir une musicienne. L'eunuque me jeta un voile sur la tête, et mes esprits étaient si abattus, qu'il me sembla que mon honneur, sinon ma vertu, m'était rendu avec ce voile. On me fit monter dans une chaise fermée de rideaux; des esclaves me précédèrent avec de gros bâtons, pour écarter la populace, et bientôt j'entendis les portes du harem se fermer sur moi.

» Cependant, mon cher Walter, cette période de ma captivité fut la plus supportable. J'aurais pu goûter quelque bonheur, si je n'avais dû trembler sur votre destinée, si le souvenir continuel de ma patrie n'eût pas réveillé mes chagrins. Je ne vivais pas seulement dans l'aisance, je nageais même dans l'abondance; et quel heureux changement pour moi! il me paraissait un songe: du plus misérable faubourg, je me trouvais transportée dans un palais de fées. Les couleurs me manquent pour peindre la magnificence de ce harem (1). Elle est au-dessus de toute croyance et de tous les efforts de l'imagination même. Quelles tapisseries! quels tapis de pied! ce n'était qu'étoffes d'or et d'argent. Les appartemens d'hiver étaient boisés en marqueterie de nacre et d'ivoire, et ceux d'été incrustés de porcelaine du Japon; et pour y entretenir une fraîcheur délicieuse, l'eau tombait de bassin en bassin de marbre, ou s'élevait

(1) Voyages de miladi Wortley Montague.

par différens jets et retombait en pluie. Mais quelle fut mon admiration, en entrant dans le pavillon où, peu après mon arrivée, on me présenta à la mère du Shah ! Les fenêtres dorées étaient ouvertes, les jasmins et le chevrefeuille, mariés autour des arbres, exhalaient un parfum enchanteur, et tempéraient les ardeurs du soleil, et le plafond était peint de fleurs de toute espèce qui paraissaient prêtes à sortir de leurs vases, pour couronner nos têtes ; mais je me trouvais, à cette première présentation, dans une trop grande confusion, pour bien considérer toute l'élégance de ce salon.

» La princesse, assise sur un riche sofa, dont les trois marches étaient couvertes de tapis, et les coussins de satin blanc brodé en or, ne m'offrit rien dans ses traits qui pût inspirer l'amour ni le respect. Elle avait pu êtro belle dans sa jeunesse, mais sa figure n'avait aucune expression ; sa taille était courte et ramassée ; elle avait un air de bonté, du moins elle riait à chaque instant. Avec les habits les plus riches et d'un prix extravagant, elle était mal mise : son turban chancelait à chaque mouvement de tête, et ses cheveux tombaient malproprement sur ses épaules ; elle fumait avec une longue pipe qui s'appuyait à terre.

» Les eunuques placèrent le clavecin au milieu du cercle, et on m'ordonna d'en toucher. Comme mon embarras rendait ma main tremblante, j'étais si honteuse qu'on ne pouvait être bien satisfait de mon talent : aussi la princesse me fit-elle signe de finir.

» Alors, un grand nombre d'esclaves se rangèrent autour du sofa. Elles me rappelèrent le tableau des nymphes. La nature entière ne peut rien produire d'une beauté plus éblouissante. Quatre musiciennes commencèrent sur la guitare un air qu'elles accompagnèrent de leurs voix, et les danseuses, non moins richement, mais plus lestement vêtues, vinrent exécuter un ballet qui me parut bien différent de tous ceux que j'avais jamais vus. Quel art! quelle variété dans les pas! quelle mollesse dans les sons! quelle langueur, quelle expression dans les mouvemens, les pauses et les yeux mourans! et pour ajouter sans doute au tableau l'apparence d'un sexe étranger au harem, il arriva bientôt une troupe de femmes vêtues en hommes. Alors la danse devint plus animée, ou pour mieux dire, ce fut une pantomime. Chacune fit tous ses efforts pour captiver l'attention de la sultane. Je surpris une larme dans ses yeux; et comment ne pas être ému d'une pareille scène! Elle déposa sa pipe, et invita un de ces hommes supposés à s'asseoir près d'elle sur le même sofa. C'était sa principale favorite. Elle l'embrassa plusieurs fois avec la plus grande tendrese, et bientôt après nous fit signe à nous autres de nous retirer.

» Il se passa quelque temps avant que je fusse appelée en sa présence. J'avais triomphé de ma mauvaise honte, et mon exécution sur le clavecin reçut les applaudissemens de la sultane. Pendant une semaine, elle me fit jouer tous les après-midi ; et toutes les fois que je levai les yeux, je remarquai que les siens étaient fixés sur moi. Un jour, après le concert, elle me fit signe de m'approcher, me dit que le col de ma chemise était mal arrangé, et daigna le remettre en ordre de ses propres mains, lorsque tout à coup la belle favorite s'évanouit (1). Le lendemain, elle avait les yeux rouges, à force d'avoir pleuré ; peut-être avait-elle commis quelque faute ; car quand les autres femmes s'étaient retirées, et que la sultane m'avait fait asseoir à côté d'elle, la pauvre fille se prosterna devant elle, embrassa ses genoux et fondit en larmes. — « Re-

(1) Mémoires du baron de Tott.

tire-toi, s'écria sa maîtresse; point de ces ridicules manières. Quelles prétentions a cette sotte! continua la princesse; comme si je n'étais pas libre d'accorder mes bonnes grâces à mon gré! je vous trouve infiniment plus aimable ». A ces mots, elle m'embrassa avec la plus grande vivacité; elle me fit mille questions sur mes malheurs; elle parut prendre à mon histoire le plus tendre intérêt, et le moindre incident qui m'était relatif semblait exciter sa sensibilité.

» Oh! c'était une si bonne femme! il est vrai qu'elle était un peu singulière. Quoiqu'elle négligeât sa propre parure, elle trouvait toujours quelque défaut dans la mienne. Elle ne cessait d'arranger le collet de ma chemise, et ne trouvait jamais qu'elle eût réussi à le disposer selon son goût.

» De ce moment, je ne fus plus seulement du nombre des femmes qui, tous les après-midi, se rendaient à son appartement, mais les matins elle m'envoyait chercher pour toucher du clavecin. Comme les coussins orientaux sont très-bas, elle me fit faire une chaise à l'européenne, sur laquelle elle daigna quelquefois se placer à côté de moi. Elle avait l'âme faite pour la musique; je lui ai souvent vu les yeux mouillés de larmes, et souvent elle m'a interrompue au milieu de mon jeu, en se jetant à mon cou et en me couvrant de ses baisers.

» Bientôt je fus habillée avec une magnificence égale à la sienne; et à raison de la faveur dont elle m'honorait, le harem presqu'entier me fit la cour. Tous les jours j'étais dans le cas de demander quelque grâce pour l'une, et d'obtenir pour l'autre le pardon de quelque faute. Je me félicitais de ces occasions d'être utile à mes amies; mais, cher frère, le poste de favorite expose à bien des inconvéniens. J'eus aussi des ennemies; car on trouve même dans un harem un parti de l'opposition. Elles firent tous leurs efforts pour me mortifier, et mirent en usage tous les petits tours que le dépit ne peut inspirer qu'à des filles dans une pension, un couvent ou un sérail.

» Je n'en citerai qu'un à cause de son absurdité : parce que j'étais chrétienne, toutes ces espiègles, lorsqu'elles me voyaient approcher, se mettaient à contrefaire les cochons ; et l'une d'elles, plus hardie que les autres, s'étant avisée d'entrer dans ma chambre, traça sur le mur la forme de cet animal. Mais comme elle n'en avait jamais vu, il ressemblait tout aussi bien à un éléphant. Cependant un eunuque lui donna le fouet pour la punir d'avoir transgressé le coran, qui défend de faire l'image d'aucune créature vivante.

» Je me moquai de toutes ces petites intrigues. La faveur de la bonne sultane m'en dédommageait, lorsqu'une de mes amies m'avertit que la favorite supplantée en voulait à mes jours. Je n'avais rien fait qui pût l'offenser : on me dit qu'elle était jalouse de moi; mais quelle raison en avait-elle? Je ne lui avais point enlevé d'amant; car il ne se trouvait point d'homme dans tout le harem. Tout était pour moi une énigme. Cependant, quelques nuits après, une de mes compagnes, habillée à peu près comme moi, tomba sous son poignard.

» Le lendemain, la sultane me fit appeler : « Hélas! me dit-elle, les larmes aux yeux, quel danger n'as-tu pas courus à cause de moi! Par quelle récompense puis-je te le faire oublier? Oh! si tu m'aimais comme je t'aime! Je n'ai à t'offrir que mon amour, et mon amour n'est d'aucun prix à tes yeux ».

« Je lui exprimai, en bégayant, toute ma reconnaissance et mon dévoûment. Je tombai à ses pieds ».

« Non à mes pieds, mais dans mes bras, s'écria-t-elle. Encore si tu me payais d'un tendre retour »! Alors elle me pressa contre son sein, et nous fondîmes toutes les deux en pleurs. — Mais on pourrait nous interrompre, ma chère Emma, ajouta-t-elle; car elle avait appris mon nom, que je lui ai entendu répéter souvent, et d'un ton de voix si touchant. O ma chère Emma! si tu m'aimes, viens ce soir dans mon lit, quand les autres femmes seront endormies. Oh! comme mon cœur palpite à l'idée de te serrer dans mes bras, dans les bras de la plus tendre amie! Adieu, Emma, adieu; sois sur tes gardes contre le second eunuque; c'est la créature de la sultane Zaïde, mon ennemie; s'il nous surprenait au lit, nous serions perdues: embrasse-moi, assure-moi encore une fois que tu m'aimes.

» En vérité, mon cher Walter, quand je réfléchis sur la conduite de la sultane, car je pense souvent à cette infortunée, et donne une larme à son triste sort, je suis presque portée à croire qu'elle était folle; car comment expliquer quelques-unes de ses paroles et de ses actions ? Pendant la nuit, je me glissai légèrement dans son appartement, non moins attirée par la curiosité que par l'obéissance. Je suivis ses ordres, en évitant de réveiller l'eunuque, quoique je ne pusse concevoir pourquoi il fallait faire un mystère de ma visite. Mais, ô ciel ! quel affreux spectacle ! je trouvai la sultane étranglée dans son lit. Ses bourreaux avaient laissé le fatal cordon autour de son cou ; imaginez ce que j'éprouvai à cet aspect ! Enfin, je repris l'usage de mes sens, et me retirai sans avoir été découverte.

» Je me couchai toute tremblante, lorsqu'un bruit soudain réveilla tout le sérail. Une de ces révolutions si ordinaires en Perse venait d'éclater. La sultane Zaïde avait fait étrangler ma protectrice ; et après avoir arraché les yeux au Shah, l'avait précipité du trône sur lequel elle avait fait monter son propre fils. J'ai appris depuis qu'une contre-révolution venait de rétablir le prince aveugle; mais, hélas! elle n'a pu rendre sa bonne mère à la vie. Elle m'a traitée avec tant de douceur, que j'ai continuellement devant les yeux son image mourante. Peu de jours après, on vendit tous les esclaves à l'encan, et je fus achetée pour le sultan de Candahar.

» Le caractère d'un harem, comme celui d'un gouvernement despotique, dépend des qualités personnelles de son chef. La nature avait doué le sultan de Candahar d'une grande douceur. C'était une de ses favorites qui, pour assurer le trône à ses propres enfans, lui avait arraché l'ordre de faire périr tous ses frères. Sa colère était quelquefois violente et barbare; mais elle s'appaisait bientôt, et alors ses femmes pouvaient lui donner toutes les impulsions qu'il leur plaisait. Elles étaient autant de petites reines dans le sérail. La sultane Fatime, sa mère, lui avait donné la plus haute idée des femmes européennes; et probablement il m'avait fait acheter pour satisfaire sa curiosité. Il me fit l'honneur de jeter sur moi des regards passionnés; et si j'avais eu de l'ambition, j'aurais pu m'élever aux plus hautes dignités du sérail; mais je m'étais d'abord aperçue de sa faiblesse. Quand j'avais cédé aux désirs de mes maîtres, la nécessité et non le goût m'en avait toujours imposé la loi. J'entrevis la possibilité de rester vertueuse, même dans un harem; et pendant quelques mois, je réussis à le tenir à une distance respectueuse. Il est vrai que j'ai été plus d'une fois enfermée au pain et à l'eau, dans une chambre obscure; mais on me relâcha toujours aux instances d'Ibrahim, le chef des eunuques.

» Cet officier était la bonté même. Toutes les femmes l'aimaient; il était si doux, si humain! mais tout à coup il disparut, et on se dit à l'oreille qu'il avait été étranglé par ordre du sultan.

Depuis cette époque, le barbare Sélim a exercé sur nous la plus odieuse tyrannie. Trois jours avant l'arrivée des Nairs, on me relégua dans un lieu écarté; je voulus en savoir la raison, mais ce vil esclave, dont la hauteur égalait la cruauté, ne daigna pas s'expliquer avec une femme. Nous savons à présent, mon frère, que c'est votre apparition qui lui inspira ces précautions. Les ruses de cet eunuque vous avaient probablement entouré de ses espions depuis quelques jours; mais il ne voulait pas vous faire arrêter, jusqu'à ce qu'il pût vous prendre sur le fait.

» Enfin, quelques-uns de ses affidés entrèrent dans ma prison, et me mirent dans un sac à farine. J'imaginai qu'il était question de quelque voyage. Tout ce que j'avais souffert dans la route d'Alep à Bagdad se retraça à ma mémoire; mais figurez-vous mes tourmens, lorsqu'au lieu de me placer debout, on me jeta en travers sur la selle. J'étais évanouie quand la garde nous arrêta. La violence de ma chute sur le pavé, et le sang que je perdis, me firent reprendre connaissance, mais pour en être privée une seconde fois à votre vue. O mon cher Walter! quel dédommagement de toutes mes souffrances que la certitude d'avoir retrouvé en vous ce frère dont j'avais été si cruellement séparée !

» Ma chère Emma, dit Degrey, en la regardant fixement, vous serez sans doute charmée d'apprendre qu'Ibrahim, ce bon, ce doux eunuque, n'est pas mort; il fut mis en liberté par les Nairs au moment même où le fatal cordon allait lui ôter la vie. Il est arrivé à Calicut, où il se fait gloire d'avoir touché le cœur d'une Anglaise.

» Il est probable que c'est moi, répondit Emma en rougissant avec naïveté ; je lui promis de l'épouser s'il pouvait m'ouvrir les portes du sérail.

Quoiqu'il soit laid à faire peur, son caractère était si humain ! Depuis la perte de ma liberté, je n'avais fait que changer les complices de ma prostitution, et les caresses d'un eunuque devraient être moins criminelles que celles d'un homme ».

WALTER.

« Que notre sagesse est aveugle ! tout en chérissant l'idée de la vertu, vous étiez sur le point de la trahir, sans doute pour la première fois de votre vie. Les devoirs de la maternité sont attachés aux plaisirs de l'amour, et vous pensiez à goûter les uns sans vous assujettir aux autres. Alors vous vous trouviez sur le bord du précipice, vous vous exposiez à commettre un crime. Les préceptes de la morale sont universels, et n'admettent point d'exceptions. Avant de faire une démarche, demandons-nous à nous-mêmes quelles en seraient les suites, si tout le monde suivait notre exemple. Mais finissons sur cet odieux sujet. Je ne saurais vous soupçonner du penchant pour Ibrahim; votre erreur même avait son mérite : c'était un sacrifice à vos principes de vertu. Emma, il faut devenir mère ».

EMMA.

« Mère ! eh ! qui voudrait donc m'épouser ? Non, Walter, ma délivrance ne doit point vous causer de joie; vous ne pouvez me regarder sans horreur. Plût à Dieu que mes malheurs m'eussent brisé le cœur, et que j'eusse trouvé dans une terre étrangère un tombeau pour y ensevelir ma honte et mon désespoir ! L'amertume de mes souffrances aurait expié une vie entière d'erreurs et de faiblesses. Si, lors de ma première chute, trahie peut-être par les vertus même de mon séducteur, j'encourus toute votre indignation, et me vis anéantie par vos reproches ;

oserai-je désormais lever les yeux devant vous ? Toutes vos consolations, toutes vos caresses, depuis notre réunion, ont été pour moi autant de coups de poignard. Maintenant que vous n'ignorez plus toute l'étendue de mon avilissement, vous m'abandonnerez ici. Quand même des torrens de larmes pourraient effacer les innombrables taches dont ma vertu est souillée, tout mon sang ne pourra jamais rendre à ma réputation son éclat dans l'Orient, je ne couvrirai pas d'infamie le nom des Degrey, et vous n'oserez jamais retourner en Angleterre avec une prostituée ».

WALTER.

« Non, Emma, vous ne retournerez plus en Angleterre, vous ne serez plus soumise au rigoureux tribunal du préjugé. L'Angleterre n'est pas digne de vous ; mais une nation généreuse, qui sait plaindre vos malheurs et respecter vos vertus, vous ouvre son sein.

Oui, Emma, vous êtes vertueuse; vous l'avez toujours été; vous avez toujours mérité le bonheur. J'espère qu'à mon exemple, vous ferez taire pour jamais vos préjugés. Alors vous serez plus heureuse que moi, vous en garderez un souvenir détaché du remords; les vôtres ne vous ont rendue que malheureuse, les miens m'ont rendu criminel; les vôtres ont inondé votre couche de vos larmes, les miens m'ont fait tremper mes mains dans le sang d'un de mes semblables. Ah! ma chère Emma, qu'il est affreux d'avoir des reproches à se faire! Si vous aviez pu lire dans mon cœur depuis le meurtre de votre amant, combien vous auriez gémi sur mon sort, de moi, l'auteur de toutes vos peines! vous vous seriez trouvée trop vengée. Vous avez été malheureuse dans la solitude, l'oppression et la captivité; mais moi, au milieu de la dissipation et malgré l'éclat de la cour, dans le cercle de mes amis et jusque dans les bras de mes amantes, ma conscience, sans cesse troublée, m'a présenté partout l'image sanglante de mon ami expirant. De grâce, Emma, si vous m'aimez, ne m'en parlez jamais, ne réveillez pas les cruels serpens qui se sont attachés à mon cœur. Je ne serai jamais en état de réparer mon crime envers lui, mais peut-être l'ombre de cet homme généreux se réjouira de l'asyle que je vous ai préparé ».

Ici, Degrey lui fit un tableau de l'Indostan et des usages des Nairs; il l'instruisit de ses liaisons et de ses espérances à la cour du Samorin, et lui déclara sa résolution de s'établir à Calicut, où elle-même devrait prendre la ceinture verte, et deviendrait mère d'une famille de héros.

EMMA.

« Non, Walter, je suis convaincue que vous ne voulez qu'éprouver mes principes. Une longue suite de malheurs n'a pas détruit mes sentimens de vertu ; quoiqu'ayant indignement violé ses préceptes, je n'ai pas renoncé à la religion de ma patrie. Il y a bien de la différence entre la religion et la superstition ».

WALTER.

« Nous donnons le nom de religion à notre propre croyance, et celui de superstition à la croyance d'autrui. Chaque nation, chaque peuplade se croit seule en possession de la vérité. Vous avez vécu parmi les Turcs et les Papistes ; vous avez vu les vices des couvens et des harems ; vous avez trouvé les abbés et les dervis également immoraux ; vous avez été aussi maltraitée par les dévots que par les incrédules. Le Tout-Puissant sait quelle est la véritable religion ; peut-être sont-elles toutes fausses ; mais probablement la plus parfaite est celle qui est la plus bienfaisante ; et la plus agréable à Dieu est celle qui est la plus utile à l'homme.

N'imaginez pas, ma chère Emma, que je veuille vous prostituer au hasard; vous pouvez être aussi constante à Calicut qu'ailleurs. Que tout suive l'ordre de la nature; si la constance est une de ses lois, elle existera d'elle-même; si au contraire elle approuve l'inconstance, elle ne saurait être nuisible. La loi de la nature est la loi de Dieu. Supposé, ma chère sœur, que vous ayiez trouvé dans le Malabar un second amant aussi digne de vous et aussi aimable que le premier, ne l'aimeriez-vous pas constamment sans y être contrainte par aucune loi»?

Walter se tut. Le cœur d'Emma était trop plein pour contenir ses émotions. Sa défiance de son frère s'était évanouie; elle s'approche de lui insensiblement, et penche la tête sur son épaule.

Cependant la cavalcade était arrivée sur les bords de l'Indus qui sépare les deux empires. Quel contraste entre les deux rivages! celui des Perses nu, inculte et stérile; celui des Nairs couvert d'une moisson dorée, de villages rians, et embelli par des villes florissantes.

Au moment où le chameau entrait dans le bac, un douanier l'arrêta. Quel fut l'étonnement des deux Européens, lorsqu'au lieu de visiter leurs effets, il s'attacha à examiner la main d'Emma! Walter lui en demanda la raison. — « C'est ici, répondit-il, l'endroit où nos aïeules, à l'invitation de Samora, jetèrent dans le fleuve leurs anneaux de mariage (1). Des chaînes se composent d'anneaux, et nous ne souffrons pas les marques de l'esclavage sur la terre de la liberté ».

Comme le bateau approchait du rivage, un Nair s'y précipita. C'était le baron de Naldor. Il félicita son ami Degrey de son arrivée, et lui présenta

(1) Tom. 1, liv. 1 de ce roman.

un diplôme. C'était un livre relié en velours cramoisi, auquel était suspendu le cachet du phénix impérial, dans une boîte d'or.

Tout à coup une salve d'artillerie les salua, et Naldor s'écria : « Vive le comte ! vive la comtesse de Mangalore » !

LIVRE XII.

ARGUMENT.

Le fils qu'Agalva avait été forcée d'abandonner à Candahar, retrouvé. L'eunuque Ibrahim se tue. Description du paradis et de l'enfer de Mahomet. Prestation de foi et hommage aux enfans d'Agalva. Diète des princes. Lacy, accusé d'avoir assassiné Agalva, est condamné à perdre la tête. Intrigues de la sultane Fatime. Privilége dont jouissent les princesses du sang de Sémiramis. Entreprise héroïque de Walter Degrey. Retour d'Agalva. Walter et Emma comblés d'honneurs et de dignités.

Les carrosses du gouverneur de la province attendaient les deux Européens et les captives, à qui la valeur des Nairs venait de rendre la liberté; elles se croyaient transportées dans un nouveau monde. Cette ville frontière, combien elle l'emportait sur toutes les villes mahométanes, où les rues étroites et tortueuses sont obscurcies par les prisons domestiques qu'on voit de chaque côté, et rendues plus horribles par le silence et la désolation qui y règnent, tandis qu'une lucarne grillée, à peine aperçue sous la toiture, remplit l'âme des idées d'esclavage et d'incarcération !

Les rues de cette ville nairaise, au contraire, sont spacieuses et bien percées, et les maisons embellies de fenêtres animées elles-mêmes par des figures humaines. Aux yeux d'Emma elle ressemblait à une ville d'Europe ; mais tout ce que voyaient les sultanes leur paraissait un songe. Un corps de musiciens se mit en marche à la tête du cortége, qui, au milieu des acclamations du peuple accouru sur son passage, arriva enfin au palais du commandant. Il s'empressa d'en faire les honneurs, le prince son maître s'étant rendu à Calicut pour prêter foi et hommage à Osva.

Le baron de Naldor avait été chargé, par Firnos, d'une lettre pour Degrey ; mais l'avide curiosité des habitans pour les voir, lui et sa sœur, l'avait forcé d'en suspendre la lecture jusqu'au milieu du repas.

Firnos, fils d'Agalva, à Walter, fils de Gertrude.

« Cher ami,

» J'ai tant à vous dire, que je ne sais comment débuter. Quel dommage que vos blessures vous ayent empêché de nous accompagner, Lacy et moi ! mais je dois mettre quelqu'ordre dans ma narration, pour n'oublier aucune circonstance. Je vais donc reprendre les choses du moment de notre séparation.

» Votre compatriote Lacy courut à bride abattue, et j'aurais eu honte qu'il me devançât. Vous savez combien les chemins, en Perse, sont détestables;

nous faillîmes nous casser le cou à chaque pas. Quel étourdi, que ce Lacy ! Les jeunes Anglais le sont assez ordinairement, mais on devrait être sage à son âge. L'escorte eut toutes les peines du monde à ne pas nous perdre de vue. Enfin nous passâmes l'Indus, et, ayant quitté nos chevaux, nous continuâmes notre route en voiture. Lacy n'a cessé de prodiguer son argent pour accélérer la marche des postillons, et n'a parlé que des femmes du Malabar durant tout le voyage.

» Je ne vous peindrai pas l'émotion du Samorin, mon oncle, en apprenant les malheurs de ma mère, quoiqu'il se fût imaginé qu'elle avait péri dans les flots. Tantôt l'idée de sa mort le mettait au désespoir ; tantôt, dans l'excès de sa fureur, il saisissait son épée, et jurait d'anéantir toute la race des musulmans : mais un rayon d'espérance vint enfin luire à son âme agitée, et la certitude qu'elle avait échappé aux dangers de l'océan, le flatta de la possibilité qu'elle survécût à tous les malheurs qui avaient menacé ses jours.

» Ce soir, je ne me sentis aucun attrait pour la société ; mais j'avais promis à Lacy de le présenter à nos dames. Nous entrâmes donc dans le salon, où nous aperçûmes Fitz-Allan au milieu du cercle. Cet aimable cavalier ne paraît pas regretter la cour de Saint-James. Quoique le midi de sa vie soit passé, il fréquente, je crois, la moitié des toilettes de Calicut. Quel étonnant coup de théâtre pour lui, que l'apparition de Lacy, son ancien ami de collége ! Lacy se jeta dans ses bras, et la joie de Fitz-Allan fut si vive, que ce complimenteur si fécond ne put s'exprimer que par des larmes.

» Figurez-vous la curiosité générale, à l'aspect de Lacy, le compagnon de voyage de ma malheureuse mère. La nouvelle de notre arrivée s'était répandue avec la vîtesse de l'éclair, il était accablé de questions ; tout le monde, dames, cavaliers, les domestiques même de la cour, s'empressèrent pour apprendre le sort d'Agalva : mais avec quelle chaleur leur indignation éclata au récit du meurtre de mon frère! La populace devint furieuse, elle se pressa en foule dans les rues, au son d'une musique guerrière, et ne demandait qu'un chef pour marcher contre le Candahar.

» Il s'éleva un violent tumulte dans la cour du palais, et l'eunuque noir accourut au salon, éperdu et tremblant, et tellement hors d'haleine, qu'il s'écoula quelque temps avant qu'il pût se faire entendre. — « Hâtez-vous, Naïrs, s'écria-t-il, ne perdez pas un instant; le peuple va mettre en pièces le prince de Candahar, pour venger la mort du fils d'Agalva ». — Tous les cavaliers se précipitèrent vers l'endroit désigné, et, ayant mis l'épée à la main, nous nous fîmes jour à travers la multitude, qui, trompée par notre action, crut que nous venions plutôt pour exciter que pour réprimer sa fureur. — « Coupons - le par quartiers, s'écriait-elle, et que chacun d'eux serve à décorer un étendard du Phénix ».

« On me reconnut à la tête des flambeaux, et on s'éloigna avec respect, à ces mots : « Livrez - moi ce misérable ; et moi aussi, je suis fils d'Agalva, je suis frère de l'infortuné prince assassiné. Ne me privez pas de la satisfaction d'immoler cette victime à ses mânes. Mais la justice ne craint pas le grand jour, différons son supplice jusqu'à demain ».

» Par cet artifice, je le tirai des mains qui allaient le déchirer, et nous le conduisîmes, à demi-mort de frayeur, au salon. Lacy ayant tourné les yeux sur Abas pendant qu'il reprenait ses sens : « Grand Dieu ! s'écria-t-il, voilà le fils d'Agalva, celui que votre populace mutinée a été sur le point d'égorger pour venger le meurtre dont on le croyait la victime ». — « Osmin » ! reprit vivement l'eunuque, en tressaillant. — « Oui, répondit Lacy, en se précipitant dans ses bras, je suis le même Osmin à qui vous avez sauvé la vie lorsque vous m'avez surpris déguisé dans la chambre d'Alméide ».

« Tout le monde porta sur eux des regards étonnés. Abas, Lacy et l'eunuque, tour à tour, fixèrent l'attention générale. Le Samorin, qui venait d'entrer au salon, était vivement impatient d'apprendre la vérité. — « Sire, lui dit Lacy, voilà votre neveu. Le lâche sultan, pour empêcher les Nairs d'opérer la délivrance de votre sœur, la força de taire quels étaient son rang et sa nation. Agalva prit le nom d'Alméïde, et voilà le prince Abas, son fils ».

« Quelle joie cette découverte répandit dans tous les cœurs ! Le Samorin serra dans ses bras le jeune Persan, qui, le fixant avec étonnement, ne comprit rien à ses caresses. C'est ainsi que mon oncle a retrouvé un neveu, et moi un frère. Osva et Abas, les deux enfans d'Agalva, sont rendus à leur famille; mais hélas! où est Agalva elle-même, cette mère infortunée?

» Le bruit de ces heureux événemens se répéta bientôt dans toute la ville de Calicut. On en fit la proclamation pour satisfaire la curiosité publique; et cette même populace, qui la veille voulait tremper ses mains dans le sang d'Abas, vint le lendemain, précédée de la musique, demander la permission de faire éclater sa joie à la vue de ce nouveau descendant de Sémiramis.

» Mais ce brave eunuque, dont l'humanité sauva la vie à mon frère, et probablement à ma mère et à Lacy, a cessé de vivre. La nature lui avait donné un des meilleurs cœurs, un cœur aimant : la jalousie mahométane avait bien pu le priver des facultés, mais non éteindre en lui les désirs ni les sentimens naturels à l'homme. Vous savez qu'en

Perse, on donne fréquemment des femmes en mariage à des eunuques; mais on a eu beau lui représenter que, parmi nous, une union si contraire à la nature ne pouvait être tolérée. Le soir de mon arrivée, en apprenant combien il avait de droits à notre reconnaissance, je lui renouvelai les assurances de mon amitié et de ma protection; mais plein de ses illusions, il me demanda des nouvelles de votre sœur Emma, et m'avoua qu'il se flattait toujours qu'elle tiendrait ses promesses. Je ne pouvais favoriser son espoir; je lui représentai que, malgré ses services, l'honnêteté de ses procédés et ses bontés pour elle, elle devait remplir le premier de ses devoirs, celui de devenir mère, et que toute liaison qui n'aurait pas ce but, serait une liaison criminelle. Il parut affligé. Le souper fini, il embrassa Abas en fondant en larmes, et le lendemain, on le trouva dans son lit, la gorge coupée et nageant dans son sang.

» Comme la philanthropie enthousiaste de votre parlement, en Angleterre, l'égare, lorsqu'il pense qu'en abolissant la traite des Nègres, il améliorera leur condition ! Le nombre des esclaves qu'on importe dans vos colonies peut-il être comparé à la multitude de ceux qui languissent dans les harems de l'Asie et de l'Afrique ? Ils sont esclaves à la Jamaïque, à la vérité, mais esclaves de maîtres éclairés; au lieu qu'en Orient ils sont esclaves des tyrans domestiques les plus féroces et les plus ignorans. Les douceurs de l'amour n'allégent jamais le poids de leurs fers, et la castration en nécessite sans cesse de nouvelles recrues.

» Avant d'attenter à ses jours, cet infortuné écrivit une lettre à Abas, que je renferme dans celle-ci à cause de sa singularité.

» Si Abas se fût enorgueilli de son affinité avec le sultan, son père imaginaire, nous lui aurions bientôt fait, à force de railleries, abandonner ses prétentions ; car Lacy étant alors dans toute la vigueur de l'âge, et le sultan n'étant plus qu'un vieillard cacochyme et radoteur, il est plus probable qu'Abas était fils de l'esclave que du maître ; mais peut-être qu'il ne l'était ni de l'un ni de l'autre ; car comment déterminer le nombre des amans que ma mère a eus ? Mais il n'a pas fallu beaucoup de temps pour convertir Abas à notre foi ; à peine l'eunuque était-il mort, qu'il jeta son turban, et déjà il ne lui échappe aucune occasion de lancer une épigramme sur Mahomet, son cheval blanc et ses demoiselles de musc, et il n'est point d'émir aussi fier de son turban vert et du sang du prophète, que l'est Abas de son origine divine et du sang de Sémiramis.

» Mais je crains qu'un long temps ne s'écoule avant qu'il se montre digne d'être décoré de l'ordre du Phénix, et de porter les armes pour protéger les droits du beau sexe. Il a déjà scandalisé les dames de la cour en proclamant l'infériorité de leur condition. Lacy, à son arrivée à Calicut, étonna toute la société en tombant aux genoux d'une femme (1); mon sublime frère pèche par une conduite toute opposée. En apprenant sa naissance impériale, sa hautesse, pleine de l'esprit du sultanisme, s'avisa de jeter le mouchoir à une jeune dame. Elle ne comprit pas d'abord ce signe; mais quand on le lui eut expliqué, elle jeta le mouchoir dans la cheminée, et fit très-bien. Mais concevez-vous l'arrogance de ce garçon? il alla se plaindre au Samorin de cet affront.

« On a fixé le jour où les princes de l'empire doivent faire hommage à Osva et à Abas. Ma sœur aurait voulu que cette cérémonie fût différée jusqu'à ce qu'on fût instruit du sort de ma mère; mais mon oncle, dans la crainte des

(1) Tome 1, liv. 1 de cet ouvrage.

accidens, ne consent pas à ce délai, surtout Fitz-Allan se trouvant ici pour expliquer le mystère de la naissance d'Osva, et Lacy, pour établir et prouver les traits d'Abas. Quel jeu de la fortune ! voilà deux Anglais, à Calicut, comme témoins dans une affaire d'une si grande importance.

» Quant à vos deux compatriotes, c'est Fitz-Allan qui, à la cour, danse le menuet avec le plus de grâce, et Lacy se croit au septième ciel; il n'a plus assez de doigts pour compter toutes ses bonnes fortunes.

» Mais je vous connais, Walter; dans votre opinion, le mariage n'est pas tant le tombeau de l'amour que celui de l'ambition. Une épouse est un poids importun qui retarderait vos progrès dans la carrière de la gloire. Vous n'avez pas quitté votre pays pour voltiger de belle en belle; le plaisir n'est à vos yeux qu'un bien du second ordre. Vous recherchez les applaudissemens de vos contemporains et l'admiration de la postérité. Ceux qui succèdent à notre nom et à nos dignités, sont les monumens vivans de notre gloire ; mais, parmi nous, les braves ne daignent pas élever ces monumens, ils se bornent à s'illustrer par des hauts faits, et à acquérir des honneurs qui les décorent ; les enfans de leurs sœurs sortent de leurs cendres, comme des phénix, pour les représenter. Mon oncle, qui connaît les désirs de votre cœur, Walter, veut vous ouvrir une carrière digne de vos talens ; il vous conférera, à vous et à votre sœur, un des comtés les plus considérables du Malabar. Que le parent imaginaire de Guillaume le Conquérant devienne oncle d'une race de héros ; votre mère, s'il m'en souvient bien, s'appelait Gertrude : je te salue donc, ô Walter Gertrudin, comte de Mangalore.

» Sans perdre un instant, continuez votre route pour Calicut ; le même jour où les princes seront admis à faire leur serment à Osva et à Abas, vous pourrez, vous et votre sœur, prêter foi et hommage pour votre fief. Mais, mon cher ami, il faut terminer cette lettre, il est minuit, et demain je dois me lever avec le soleil, pour exercer les vassaux du Malabar. Tout l'empire vole aux armes; le fer et le feu doivent ravager le Candahar. Qu'on indique la prison où ma mère languit, que son cachot s'ouvre, ou que des fleuves de sang arrosent son tombeau !

» Dites à la comtesse, votre sœur, que toute la cour brûle d'impatience de la voir. Votre ami Naldor vous rencontrera sur les frontières de l'empire, et vous remettra cet écrit.

» Adieu, Walter Gertrudin, que vos neveux soient braves et vos nièces fécondes.

» Firnos Agalvin ».

Comme Walter achevait sa lecture,

toute la société se leva, le verre à la main, et but au bonheur du comte et à la nombreuse postérité de la comtesse de Mangalore. Enfin Naldor ayant annoncé la voiture, Walter y offrit une place à Roxane.

L'esprit de Walter était trop occupé de ses projets pour se livrer à d'autres idées; mais, pendant le voyage, il trouva un jour, sous sa main, la lettre de l'eunuque, et il en fit la lecture à voix haute, devant sa sœur.

AU SUBLIME ABAS,

prince de Candahar;

Ibrahim, chef des eunuques noirs, son esclave.

« ABAS,

» Le sultan ton père fut le porte-épée du prophète et l'image du seul et unique Dieu; continue, toi, à être les délices des vrais croyans; ton esclave, se prosterne dans la poussière, à tes pieds, et ose élever jusqu'à toi la voix du conseil.

» J'ai conservé tes jours dans l'espoir de faire une bonne action; mais les enfans de la terre sont aveugles, et peut-être ai-je commis un crime. Si tu eusses alors perdu la vie, tu serais entré dans le paradis; mais maintenant, si tu deviens un apostat de la religion du prophète, tu seras plongé dans les enfers. Tu n'as pas encore foulé aux pieds le turban, mais je crains que ta constance ne prenne sa source dans l'orgueil, au lieu d'être fille de la foi. Un prince de Candahar n'eût point été flatté de devenir un Indien obscur; mais maintenant que tu es reconnu prince dans ce pays des infidèles, je tremble que la vanité ne t'écarte de la bonne voie.

» O Abas! né parmi les vrais croyans, médite sur le jour du jugement, quand l'archange Gabriel pèsera les hommes dans la balance. Alors le juste recevra le livre de sa vie passée de la main droite, et le pécheur, le livre de sa condamnation de la main gauche. Les méchans seront précipités dans les abîmes éternels, et toute la terre, devenue semblable à un pain, sera donnée aux boucs comme un gâteau.

» Souviens-toi que l'enfer a sept étages l'un au-dessus de l'autre, et que chaque étage est gardé par dix-neuf anges. Quelle expression pourrait rendre les tourmens et les douleurs qu'on y souffre partout? Celui qui sera le plus légèrement puni, sera chaussé de souliers ardens, dont la chaleur fera bouillir la cervelle comme une chaudière. Mais comment l'imagination pourrait-elle atteindre les horreurs de ces lieux de désespoir! quelle odeur de soufre! quels grincemens de dents! Des volcans de feu vomiront le pécheur sur des mers de glace. Pour ceux qu'enfermeront les six premiers étages, luira cependant quelqu'espoir de rédemption. Quand des milliers d'années seront écoulées, le prophète pourra déposer sa colère et intercéder pour tous les crimes, depuis le vol jusqu'au parricide; mais les portes du dernier étage seront fermées à jamais. Là, les infidèles et les apostats seront éternellement en proie à la douleur et aux supplices.

» Telles sont les horreurs de l'enfer. Mais, ô Abas! puissent les délices du paradis devenir ton partage! Ce séjour du bonheur est dans le septième ciel, le plus près du trône de Dieu. Le sol y est du musc le plus pur, et les pierres sont des perles et des jacinthes. Les sources et les fontaines qui l'arrosent coulent sur des lits de camphre, et vont se perdre, avec un doux murmure, dans des rochers de rubis et d'émeraudes. Des fleuves de lait et de vin jaillissent de l'arbre de la félicité.

» De tous ses arbres d'or, il n'en est point de plus remarquable que celui-ci: il croît dans le palais de Mahomet. Une de ses branches s'étendra dans la demeure de tous les vrais croyans. Il porte des grenades, des raisins, des dattes, et d'autres fruits d'une grandeur étonnante et d'un goût inconnu aux mortels ; et quand un de ces saints musulmans cueillera un raisin, le raisin voisin lui dira : — Prends-moi, je suis meilleur que lui, et que le nom de Dieu soit béni.

» Cet arbre lui fournira des vêtemens de soie ; des chevaux tout sellés, bridés et couverts de riches harnais, sortiront de ces fruits, et cet arbre est si vaste, qu'il faudrait mille ans au coursier le plus léger, pour parvenir, au galop, d'un bord de son ombre à l'autre ; et un voyage de mille ans ne suffirait pas pour faire le tour des jardins et du palais du plus simple habitant du paradis. Il portera des bracelets d'or et d'argent, et un diadème de perles ; il habitera une tente spacieuse de perle, de jacinthe et d'émeraude. Trois cents domestiques le serviront à table; trois cents mets servis dans des vases d'or, formeront chaque service; il goûtera de trois cents liqueurs avec des gobelets d'or, et le vin du paradis n'enivre pas.

» Ces repas ne seront pas suivis d'évacuations, car les bienheureux n'évacuent jamais, pas même par le nez; après une sueur plus odoriférante que le musc, leur appétit renaîtra; et puis la voix ravissante de l'ange Israfil, la plus mélodieuse des créatures de Dieu; les clochettes attachées aux arbres, et le choc de leurs rameaux d'or agités par un vent qui part du trône de l'Eternel, formeront pour eux des concerts, tels que les mortels n'en ont jamais entendus.

» Assurément, Abas, pour l'amour de ces Nairesses au visage nu, tu ne renonceras pas à la société des houris, car chacun des élus, outre quatre-vingt mille esclaves et celles de ses épouses terrestres dont il pourrait désirer la compagnie, possédera soixante et douze houris, et ces houris ne sont pas faites d'argile, mais de musc. Elles sont exemptes de toute impureté, de tout défaut et de toute incommodité naturelle; elles sont d'une modestie parfaite, car on les dérobe aux yeux par des pavillons de perles creuses de soixante milles en carré.

» Dieu lui donnera les forces de cent hommes pour le rendre capable de goûter tous les plaisirs du paradis. Il jouira d'une vigueur perpétuelle, et atteindra à la taille d'Adam, de soixante coudées en hauteur; et s'il veut avoir des enfans, ces enfans seront conçus, naîtront et grandiront dans le court espace d'une heure; autrement ses femmes ne concevront pas; et s'il a du goût pour le jardinage, tout ce qu'il sèmera croîtra et arrivera à sa maturité en un clin-d'œil.

» Abas, environné d'infidèles, tu ne peux recourir aux paroles du salut;

c'est pourquoi je t'ai peint ces récompenses et ces supplices pour te fortifier dans le chemin de la vérité : je touche aux portes de la mort, ainsi tu peux me croire, il n'y a plus de bonheur pour moi sur la terre. Je n'ose vivre avec les femmes, je ne puis m'en passer. En Perse, un eunuque pourrait se marier, mais ici, ce serait un crime. On lit dans le Coran : « Le Tout-Puissant créa les femmes pour le plaisir et le malheur des hommes ». Pour moi elles ne m'ont fait connaître que l'infortune. Hélas ! ce sont elles qui m'entraînent vers un crime que le prophète me pardonnera pour l'amour de ton âme, que mes dernières paroles te conjurent de sauver.

» O Abas ! aye toujours la crainte de l'enfer devant les yeux ; je t'ai conservé la vie, que je puisse encore conserver ton âme » !

« Voilà, ma sœur, dit Walter en finissant la lettre, voilà un mahométan intimement convaincu de la vérité de sa foi ; et sans doute, si la pluralité des voix peut être une preuve de la vérité, sa religion l'emportera sur toutes les autres. La polygamie est, à ses yeux, aussi raisonnable que la monogamie l'est aux yeux de nos compatriotes. Mais l'obstination avec laquelle chaque secte soutient ses dogmes, devrait porter les gens sensés à douter au moins de la supériorité de ceux qu'ils professent. Les dogmes et les opinions de toutes les nations peuvent être erronés, mais ceux qui ne dérogent point aux lois de la nature et ne changent rien à son cours, ceux-là approchent probablement le plus près de la vérité ».

Comme ils devaient trouver des relais à chaque station, toute la cour était étonnée que les deux Degrey ne fussent pas arrivés à Calicut pour la cérémonie des hommages. Firnos craignit que quelqu'accident n'eût occasionné ce retard.

En ce jour solennel, les princes de l'empire tirèrent leurs épées, et jurèrent de verser jusqu'à la dernière goutte de leur sang pour défendre les droits héréditaires d'Osva et d'Abas. Ensuite, pour la première fois, Osva officia dans le temple de Sémiramis. En qualité de Samorina, elle ceignit l'épée aux damoiseaux de Calicut, et le Samorin décora les demoiselles de la ceinture verte.

Un bal des plus magnifiques eut lieu le soir à la cour; la jeune Ona, comtesse de Raldabar, et le prince Abas, s'attirèrent tous les regards. Ona avait atteint son dix-septième printemps, et sa beauté la distinguait parmi les plus belles. A cette fête, elle venait de quitter la ceinture blanche de la pureté, pour la ceinture verte de l'espérance. Plus d'un jeune homme qui avait partagé les jeux de son enfance, avait hâté, par ses vœux, l'arrivée de ce jour où, enlacé dans ses bras et reposant sur son sein, il pourrait recevoir et donner à la fois les premières leçons de l'amour.

Abas, aussi, avait remarqué ses appas, et l'avait préférée à toutes les demoiselles de la cour; mais sa hauteur l'avait dégoûtée : et lui, fier de la prééminence imaginaire de son sexe, avait eu sans cesse la mortification de se voir préférer tous ses jeunes compagnons. Il avait éclaté, mais elle se moqua de son dépit et de son indignation; et lors de l'aventure du mouchoir et de son insolence envers la dame, les jeunes gens réunis résolurent de ne plus l'admettre à leurs parties de jeu. Le pauvre Abas, pendant quelques jours, s'était trouvé isolé au milieu des assemblées les plus brillantes; il s'était promené autour du salon, comme une ombre; aucune demoiselle ne daigna faire attention à lui, aucune n'en voulut pour partner. Cependant Ona le plaignit, et engagea ses compagnes à oublier ses torts.

Telle est la puissance de l'amour, que

peu à peu son caractère s'adoucit; mais quoiqu'il eût été des heures entières assis, les yeux fixés sur Ona, et que de son côté Ona n'eût pu dissimuler la satisfaction que lui causait cette préférence, jamais la bouche du prince n'avait prononcé ce mot charmant : Je vous aime.

Le bal était ouvert : toute cette brillante jeunesse, qui avait ce jour même reçu l'épée et la ceinture verte, et échangé leurs titres de damoiseau et de damoiselle contre ceux de seigneur et de dame, s'étaient déjà respectivement engagés pour cette première nuit de leur émancipation; mais la fierté sultanique d'Abas éprouvait encore quelque répugnance à solliciter une grâce près d'un être aussi inférieur que l'était une femme à ses yeux. Plusieurs de ses compagnons avaient fait une invitation à Ona ; mais se flattant toujours d'une déclaration de la part d'Abas, elle s'était refusée à toutes leurs instances.

Il avait déjà dansé une contredanse et un menuet avec elle ; il lui avait trouvé une certaine mélancolie, et avait lu, dans ses regards, le reproche de sa froideur ; mais l'amour n'avait pu encore triompher de sa hauteur, et rien ne pouvait le faire descendre à l'humiliation d'une prière. Toute la cour s'amusait à observer les effets des deux passions qui luttaient dans son cœur : enfin, ne pouvant plus cacher le trouble intérieur qui l'agitait, il quitta le salon du bal pour aller dans les jardins du palais s'abandonner librement à son émotion. Firnos, qui ne l'avait pas un instant perdu de vue, le suivit, et se mit à le questionner, quoiqu'il la connût déjà, sur la cause de sa tristesse, au milieu d'une fête qui formait une des belles époques de sa vie.

ABAS.

Mon frère, j'aime la jeune comtesse de Raldabar.

FIRNOS.

Eh bien ! en ce cas-là vous n'avez pas un moment à perdre. Elle a reçu aujourd'hui la ceinture verte, et ne s'occupe apparemment que du choix d'un amant. Hâtez-vous donc. Il faut lui déclarer votre amour, et solliciter d'elle qu'elle y réponde.

ABAS.

Qui? moi ! solliciter ? m'abaisser jusque-là ? moi, prince, demander une grâce à un sujet ? moi, compromettre la dignité d'homme en me réduisant au niveau d'une femme? non, je donnerai ordre à mes gens de l'enlever, je la forcerai.

FIRNOS.

Parlez plus bas, mon cher frère, gardez-vous de tenir de ces propos, dont la seule idée pourrait vous coûter vos droits au trône. Une violence est un crime capital à Calicut, et votre naissance impériale même ne vous sauverait pas.

Firnos prit son frère par la main, et le ramena au salon au moment où on commençait à jouer la valse. Abas aperçut un jeune Nair qui s'avançait vers Ona pour la prier de danser avec lui. Ona ne lui avait jamais paru si charmante qu'alors, où elle était décorée de sa ceinture verte. Sa fierté s'évanouit. Amour! le champ de bataille est à toi, tu as vaincu!

Abas se précipite à travers la foule, et prévient son rival. « Belle Ona, dit-il d'un air passionné, m'accorderez-vous le plaisir de valser avec vous »? Ona, pénétrée de joie, tombe dans ses bras.

Le bon Samorin se réjouit de la conversion de son neveu; mais hélas! la seule présence d'Agalva pourrait mettre le comble à son bonheur, et le lendemain était le jour où les princes devaient se réunir pour délibérer sur sa perte.

La salle de cet auguste sénat était d'une architecture magnifique ; son antiquité et le souvenir de tous les décrets célestes émanés de son enceinte, inspiraient une vénération religieuse. De toutes parts elle offrait, de la main des plus habiles artistes, les événemens mémorables et toutes les actions éclatantes qui composaient les fastes de l'empire. Les bustes et les statues des braves et des héros, des bienfaiteurs du monde et des vengeurs des principes des Nairs, aiguillonnaient l'ambition de leurs neveux, et les trophées ensanglantés, remportés sur les oppresseurs des femmes, attisaient les feux de la haine contre les ennemis héréditaires.

Revêtus de leurs robes de pourpre et d'hermine, les princes entrent dans la salle de leurs oncles : c'est une diète de souverains, dont chacun porte une couronne. Des provinces de l'empire les plus éloignées, des bords de l'Indus jusqu'aux frontières de la Chine, des montagnes du Thibet jusqu'au cap Comorin, chaque prince a quitté son gouvernement à la voix de son suzerain. Ils prennent leurs rangs, selon la priorité de leurs titres. Plusieurs sont issus des sœurs de ces héros qui, quarante siècles auparavant, avaient suivi Sémiramis à son départ de Babylone. Les autres doivent leur dignité aux vertus d'oncles d'une date plus moderne. Les tribunes, toujours enthousiastes de leur empereur, retentissent d'applaudissemens.

Le Samorin, après avoir fléchi le genou devant la statue d'or de sa divine aïeule, monte sur un trône élevé, dont le phénix impérial décore le dais. Bientôt règne un silence profond, et le chef de l'empire parle en ces termes :

« Pères illustres, descendus de femmes libres, et neveux de héros, vous qui avez répandu la terreur de notre nom dans toute l'Asie, et qui avez élevé les Nairs au-dessus des autres nations du globe, voici une occasion brillante d'imiter le courage de vos oncles pour la défense de cette liberté qui fit la gloire de vos mères et sera l'héritage de vos nièces.

» Votre promptitude à obéir à mes ordres mérite toute ma reconnaissance, et n'a rien qui m'étonne, car votre ardeur guerrière et votre loyauté sont connues. Dois-je vous faire le tableau de toutes les indignités qu'a souffertes une de nos malheureuses concitoyennes? Combien d'années les affreux murs d'un sérail ont-ils été mouillés de ses pleurs, et les montagnes voisines ont-elles retenti de ses gémissemens! Privée de tous les secours qui peuvent adoucir le sort d'un être raisonnable, ignorant la destinée de ses parens les plus chers, dans l'impossibilité de veiller à l'éducation de ses enfans, tels ont été les tourmens de l'infortunée Agalva. Douée des plus brillantes qualités naturelles et acquises, elle a été confondue avec des danseuses et de viles concubines, et livrée à la garde d'eunuques plus vils encore. Née pour goûter toutes les douceurs de l'amour, elle s'est vue condamnée à relever le mouchoir d'un superbe musulman; et, princesse libre de l'empire des Nairs, elle a été outragée par les honneurs frivoles que l'on rend à une sultane.

» Mais pourquoi parler ici de sa naissance impériale et de son origine céleste? Fût-elle la plus vulgaire des Nairesses, elle aurait les mêmes droits à votre protection, et les pairs de l'Indostan courraient aux armes en sa faveur, avec le même empressement que pour rendre la liberté à une Samorina. Qu'ai-je dit? hélas! seigneurs, il n'est plus aujourd'hui question de sa liberté; ne nous flattons pas d'un si doux espoir : la mort a déjà terminé ses malheurs. Il ne reste plus à remplir envers elle que le triste devoir de la venger. C'est par ce puissant motif que je vous ai réunis pour recevoir vos conseils et employer vos talens militaires ; car jamais, depuis que Samora nous a donné des lois, une calamité aussi affreuse n'a désolé son empire.

» Et toi, ô créateur de tous les mondes, seigneur suprême du ciel et de la terre, toi dont le trône glorieux et éternel obscurcit le soleil, la lune et tous les astres ; toi qui gouvernes l'immense et furieux océan comme la rosée du matin, et dont la toute-puissance pourrait en un clin-d'œil faire rentrer l'univers dans le néant, nous implorons la protection de ton assistance ; prête, dans ta miséricorde, une oreille attentive à nos prières ; c'est toi qui inspiras à Samora de rétablir les saintes lois de la nature ; si, par notre obéissance à tes commandemens, nous avons tâché d'être justes en délivrant la femme de la tyrannie de ses oppresseurs, ne permets pas qu'une Samorina languisse plus long-temps dans les prisons où la retient un amour brutal; fortifie nos bras pour opérer sa délivrance; mais si déjà elle a succombé, victime de leur barbarie, que le pays des musulmans s'ébranle sous nos chars de triomphe, et que nos coursiers foulent aux pieds le champ de bataille jonché de leurs cadavres; par l'intercession de Samora, prosterné sur les marches de son trône, que l'astre qui préside aux succès couvre nos armes de toute sa lumière! Confonds les projets sanguinaires des polygamistes; effraie de ton regard irrité les oppresseurs de la femme; dissipe-les comme la poussière, qui est le jouet des vents; que la charrue passe sur les fondemens de Candahar; que ses rues soient inondées du sang des hommes, mais qu'on mette en liberté les filles et les mères; que le zéphyr de la victoire agite les étendards du Phénix, et le temple de Samora retentira de nos cantiques à ta gloire ».

Tel fut le discours de l'empereur. Il avait cessé de parler qu'on l'écoutait encore, lorsque tout à coup le son de la trompette se fit entendre, et un héraut introduisit un ambassadeur du sultan de Candahar.

C'était le mirza, gouverneur de Mansor, ville frontière sur la rive opposée de l'Indus ; il se prosterna aux pieds du trône, et s'adressa ainsi au chef de l'empire :

« Invincible Samorin, un souverain malheureux lève ses mains suppliantes vers toi; que ton cœur, toujours inaccessible à la crainte, au milieu des combats, s'ouvre à la pitié. Les Nairs sont maîtres de sa capitale, le Phénix est arboré sur les tours de son sérail; lui-même, infortuné, proscrit, il vit à Ispahan dans une dépendance humiliante du Shah ; mais son protecteur pâlit et tremble à ton nom, et bientôt cet asyle lui sera fermé s'il continue à être l'objet de ta redoutable colère.

» C'est le dernier sultan, son père, et non mon maître, qui provoqua ton indignation ; le sultan actuel n'a jamais démérité de toi. La princesse Agalva, ta sœur, traversait le Candahar ; le vieux monarque, dont le poids des années altérait déjà l'esprit et le jugement, fut frappé de ses charmes ; il ne put vaincre une passion excitée par tant d'appas ; l'amour lui fit méconnaître la justice ; il oublia la foi des traités, et enferma l'auguste voyageuse dans son sérail. Mon dernier maître fut aussi faible que criminel ; mais son successeur, à son avencment au trône, ouvrit les portes de son harem, et rendit la liberté à la princesse. Alors elle se fit accompagner par un vil Européen, esclave vagabond, qui, ayant épuisé la compassion de l'Occident, était venu chercher, en Asie, un théâtre à ses escroqueries. Est-ce la faute du sultan, si

Agalva plaça si mal sa confiance, et si un scélérat a trempé ses mains dans le sang de sa bienfaitrice? Ils quittèrent Candahar seuls, car la princesse, sans doute par les suggestions de son compagnon, ne voulut point d'escorte.

» Peu de jours après, un esclave se précipita dans mon divan, à Mansor, hors d'haleine et tremblant comme la feuille agitée par les vents; l'horreur était peinte dans tous ses traits; il se prosterna à mes pieds, en s'écriant: « Hâte-toi, astre de justice, ton gouvernement vient d'être souillé par un meurtre affreux; que ton bras lance la foudre sur le coupable! Ce matin je coupais du bois dans la forêt voisine, quand j'entendis un bruit de chevaux, et vis une femme; mais était-ce vraiment une femme, ou un génie, ou bien une sultane (car je n'ai jamais vu de sultane; Dieu détourne de moi ce malheur)! Elle s'approchait sur le grand chemin, mais elle n'était pas voilée ; son visage était à nu, et jamais rien de semblable ne s'était offert à mes yeux ; ses regards fixes, devant elle, n'annonçaient aucune frayeur ; elle était montée sur un cheval blanc, et suivie d'un seul cavalier. Pour moi, caché dans les buissons, je la considérais avec étonnement ; il me semblait faire un songe, lorsque tout à coup je vis le cavalier tirer un coup de pistolet sur la dame, qui tomba sans vie et fut traînée par son assassin dans le hallier, où, sans en être aperçu, je l'ai vu la dépouiller de ses ornemens et creuser un tombeau à sa victime; alors je suis accouru pour te dénoncer cet horrible attentat».

« Après avoir examiné l'esclave, je dépêchai ma garde, qui se saisit de l'Européen qui s'avançait à pied. Les chevaux s'étaient probablement échappés pendant qu'il enterrait sa victime. On trouva sur ses passe-ports le nom d'Agalva; mais il eut recours à une misérable évasion, en disant qu'ils avaient été attaqués par des brigands qui avaient enlevé la princesse; en conséquence, je fis transférer le scélérat, sous une forte escorte, à Candahar.

» Son crime est prouvé par des joyaux d'un prix inestimable, que l'on a trouvés cachés dans ses habits. Il est vrai, invincible Samorin, que mon maître aurait dû remettre entre tes mains le meurtrier de ta sœur ; mais, hélas! la terreur que répandent les Nairs..... Il craignait qu'on ne lui imputât cette mort déplorable ; et quoique ce fût son père, et non lui, qui eût été l'auteur de tous les maux qu'elle a soufferts, il tremblait à l'idée de la vengeance nationale. La sublime Agalva était morte, il n'y avait aucun espoir de la rappeler à la vie; la politique le forçait donc à cacher ce funeste événement.

» Le sultan aurait voulu faire un exemple public de son assassin, mais la politique s'y opposait encore. Il craignait que la nouvelle de ses crimes ne parvînt jusqu'aux Nairs; il ordonna donc qu'on l'étranglât sans bruit, dans l'obscurité de sa prison; mais la sultane Fatime, sa mère, née d'une esclave vénitienne, a pour tous les Européens, une malheureuse prédilection qui lui fit solliciter la grâce du criminel auprès de son fils.

» L'invincible chef des Nairs, que leur piété filiale a toujours éminemment distingués de toutes les nations, daignera se souvenir que les désirs d'une mère sont des ordres; aussi le sultan commua-t-il la peine de mort en une prison perpétuelle, et peu de temps après, la généreuse Fatime, dont le cœur sensible s'intéresse à tous les infortunés, le fit passer des horreurs de son cachot dans un appartement qui réunissait toutes les commodités.

» O puissant Samorin, l'assassin est en ta présence; son impudence effrénée l'a conduit à ta cour, où il mange le pain de l'hospitalité; mais maintenant que l'hypocrite est dépouillé de son masque, vois ce monstre dans toute sa difformité. Qu'il subisse le supplice dû à son atrocité; que sa tête, justement proscrite, tombe sur un échafaud. Mais ne confonds pas les innocens avec les coupables; rends à mon maître le trône et le sérail de ses ancêtres; ne le force pas d'attirer sur toi, par son exil et la détresse où il est réduit, l'indignation des vrais croyans; souviens-toi que le prophète fut aussi obligé de fuir de son pays, mais il y rentra le fer et le feu à la main ».

Le mirza termina sa harangue par cette impuissante menace. Le Samorin l'avait écouté avec déférence, car ce gouverneur était déjà connu à Calicut. Il passait même pour un héros parmi ses compatriotes, car les héros sont rares chez une nation où les femmes sont esclaves. C'est le sourire, ce sont les faveurs de leurs amantes qui font voler à la gloire les jeunes guerriers, et les excitent à braver tous les dangers; et lorsque deux nations sont en guerre, la victoire couronnera toujours celle où les femmes jouissent de la plus grande liberté. Ainsi chaque Nair était un héros et un objet de terreur pour les Persans, tandis que ceux-ci comptaient peu de guerriers qui méritassent l'estime des Nairs.

Le mirza en était un; en qualité de gouverneur d'une ville frontière, le courage avec lequel il s'était constamment battu contre le Phénix, lui avait obtenu l'admiration des Nairs. Les princes étaient déjà prévenus en sa faveur; et comme, dans leurs idées généreuses, le courage et la vérité étaient inséparables, personne ne conçut la moindre défiance de son témoignage.

Lacy et Fitz-Allan étaient placés sur les degrés du trône, où, en qualité d'étrangers, on leur avait permis d'assister à cette séance mémorable. Tous les yeux se tournèrent sur Lacy. La confusion qui se peignait sur son visage, parut à tous les spectateurs la preuve et l'aveu de son crime. Fitz-Allan s'éloigna de lui avec une horreur involontaire : le Samorin laissa percer son indécision ; mais enfin, tiré de sa rêverie par les tribunes, qui criaient vengeance contre l'Anglais, contre l'assassin d'Agalva, il donna l'ordre à un officier de la garde de le conduire à la prison d'état.

Quoiqu'étonné que Lacy n'eût point soutenu son innocence, et attribuant son silence plutôt à une aliénation d'esprit qu'au remords de son crime, Fitz-Allan osa parler en sa faveur.

« Etranger, répondit le Samorin, ayez plus de confiance dans la justice nationale ; j'espère que les apparences seules sont contre lui, et alors il n'a rien à craindre ».

Le sénat se prorogea jusqu'au lendemain, où devait s'instruire le procès de Lacy.

Infortuné ! le ciel seul connaît ton innocence ; tes juges sont prévenus contre toi ; tu es Anglais, ta nation tyrannise les femmes, et les Nairs, malgré leur estime pour ton mérite, se défient de toi à cause de ton origine. Pour la dernière fois, peut-être, tu goûtes le repos sur le duvet, car la justice, au Malabar, regarde tout accusé comme innocent jusqu'à ce qu'il ait été prouvé qu'il est coupable ; et quoique l'on se soit assuré de ta personne, tu jouis encore de tout ce qui peut te dédommager des rigueurs de ta détention. Ta table est servie avec la même délicatesse que la table impériale ; ton compatriote est sans cesse à tes côtés pour t'offrir quelque consolation, et toutes tes amies auraient eu la permission de venir charmer les ennuis de ta solitude ; mais, hélas ! les apparences te condamnent, et il n'est aucune Nairesse qui pût contenir son horreur à la vue de l'assassin d'Agalva.

Le lendemain, Lacy fut conduit devant l'auguste assemblée de ses juges: ils reçurent ses protestations; mais malheureusement il n'avait aucune preuve à fournir de son innocence. Il fit le récit de tous les chagrins et de tous les revers que la fortune, dès avant même qu'il fût né, lui avait préparés; mais ces malheurs qui, dans d'autres circonstances, auraient excité leur compassion, renforçaient les soupçons dont il était l'objet. Tous ces événemens se déroulèrent alors sous un autre jour. Ils l'avaient plaint autrefois comme une victime du préjugé; à présent ils le regardent comme un aventurier capable des plus noires perfidies, et qui, endurci par les injustices du sort contre tout sentiment de gratitude, n'avait pas dû hésiter, pour s'élever à l'opulence, de tremper ses mains dans le sang de sa protectrice. Quels scrupules auraient pu arrêter un Européen? Les plus généreux de sa nation ne sacrisient ils pas trop souvent la liberté d'une femme à leur jalousie ? Cet homme a donc bien pu en immoler une à son avarice. Tout autre l'aurait épousée, et celui-ci l'a assassinée.

Le mirza produisit les pierreries d'Agalva, et soutint qu'on les avait trouvé cachées sous les habits de Lacy. Lacy nia le fait avec force. Ces pierreries passèrent de main en main, et furent examinées par toute la cour. Le prince de Cambaya se leva ; son agitation était visible ; et saisissant Lacy par son ceinturon garni de diamans : — « Seigneur, s'écria-t-il, l'accusé aura-t-il l'effronterie de nier aussi que ce ceinturon ait appartenu à Agalva ? Il me rappelle tant de souvenirs doux et amers, que j'en ressens plus vivement encore la grandeur de notre perte. Ah! pourquoi cette princesse daigna-t-elle honorer des Européens de sa confiance? pourquoi abandonna-t-elle une nation où elle n'avait que des amis et des admirateurs?

» A dix ans, la princesse, ma mère, m'envoya à l'institut de Romaran; la période la plus heureuse de ma vie, est celle que je passai à cette école chérie. Sept années s'étaient écoulées avec la vîtesse d'un songe aux ailes dorées, lorsqu'étant un jour à la pêche sur la rivière qui baigne les murs du collége, mon léger esquif sembla voler sur les eaux paisibles, tandis que mes camarades se livraient avec ardeur sur le rivage, aux jeux de leur âge. Les poissons fendaient en foule l'onde argentée, je retirai mes rames, je préparai mes filets, et me plaçant sur le bord du bateau, j'allais les jeter sur ma proie; mais mon esquif toucha sur un rocher caché; le choc m'ayant fait perdre l'équilibre, je fus précipité dans l'eau. Quoique je susse nager, je me trouvai tellement enveloppé dans les filets, que je ne pus faire usage ni de mes bras, ni de mes jambes.

Heureusement pour moi, Agalva venait de se baigner et se rhabillait à peu de distance. Avec la promptitude de l'éclair, elle rejette ses vêtemens, et plonge dans le fleuve : je me soulevais pour la troisième fois; déjà mon visage exprimait les angoisses de la mort. La princesse nage vers moi, me saisit par les cheveux, me ramène à terre, et me dépose sur le gazon. J'étais sans mouvement et sans connaissance; mais les tendres soins d'Agalva et de mes camarades, me rappelèrent bientôt à la vie : j'ouvris les yeux, et me trouvai au milieu de ces généreux amis, et de ces aimables filles qui partageaient mes plaisirs et mes études. Chacun parut s'intéresser à mon rétablissement; mais qui m'avait retiré du fleuve? qui m'avait arraché des bras de la mort? Personne ne voulut déclarer le nom de mon ange tutélaire : tel était l'ordre de la magnanime Agalva. Elle craignit de m'humilier par la grandeur de ce bienfait. Cependant la nouvelle de mon danger s'était déjà répandue; toute la ville connaissait ma libératrice; seul j'ignorais à qui je devais toute ma reconnaissance.

» Le galop d'un cheval se fit alors entendre, et on vit accourir un palefroi avec toute la vitesse d'un trait; le vent agitait sa crinière ondoyante, et ses flancs étaient tout couverts d'écume. Meva, Meva, la bien-aimée de mon cœur, mit légèrement pied à terre, et se précipita dans mes bras; elle chercha des paroles, et ne trouva que des sanglots; nos larmes furent nos seuls interprètes. — Ah! s'écria-t-elle enfin, je jouis donc encore du plaisir de te posséder! Mais où est Agalva, à qui je dois ce bonheur suprême? Agalva vola à sa rencontre; Meva la serra contre son cœur: elles se lièrent, en ce moment, des nœuds de la plus étroite amitié. Elles parurent, dans leurs embrassemens mutuels, ne former qu'un seul et même être.

» Agalva resta encore un an à l'institut, dont elle faisait l'ornement et les délices par ses talens et ses rares qualités. Le noble Naldor était son amant. Meva et moi, nous continuâmes à vivre dans les douceurs d'un attachement réciproque, et dès ce jour, nous devînmes, tous les quatre, amis inséparables.

» Enfin, la grossesse d'Agalva s'étant déclarée, elle retourna chez sa mère, la dernière Samorina, et y donna le jour au prince héréditaire.

» Quelque temps avant son fatal voyage, nous étions à la chasse dans la forêt de Virnapore; un de mes oncles m'avait nouvellement fait présent de ce ceinturon, et d'un couteau de chasse également garni de diamans. Leur travail exquis plut à Agalva, et je la déterminai à les accepter comme les gages de notre éternelle amitié.

» J'exige que cet Européen déclare où il a eu ce ceinturon, tandis qu'en présence de tous les princes de l'Indostan et du suprême Samorin, qu'à la vue des Nairs et de tous les habitans de Calicut, je déclare, moi, par tout ce qui est cher à un Nair, par mon honneur, par la gloire de mes oncles et la liberté de mon aïeule, que c'est le même que je fis accepter à la princesse Agalva ».

Lacy répondit que, si le ceinturon avait jamais appartenu à la princesse, il l'ignorait; mais il refusa d'expliquer de quelle manière il était passé entre ses mains.

Les princes se levèrent; toute la cour, au milieu d'un silence solennel, s'approcha du trône, en ordre; chaque prince étend la main sur la statue de Samora, et prononce son opinion. Les voix sont unanimes. Le lendemain, Lacy doit porter sa tête sur un échafaud.

La garde de sa prison fut renforcée, et des patrouilles circulèrent dans la ville. On craignait un tumulte. La populace, impatiente du court sursis accordé au coupable, menaçait de forcer la tour et de l'immoler elle-même aux mânes de la Samorina.

Fitz-Allan n'eut pas la dureté d'abandonner son compatriote. Criminel ou innocent, il méritait toute sa compassion. Il le conjura vivement de faire connaître la vérité. Il était presque convaincu qu'il n'était point l'assassin, et le généreux Fitz-Allan passa toute la nuit dans les pleurs et l'affliction, tandis que Lacy voyait avec insensibilité s'avancer le moment de son exécution.

Le soleil dorait à peine le sommet des montagnes du Malabar, que la place sur laquelle donnait la prison se remplit d'une foule immense. De toutes les rues qui y aboutissaient, la multitude se pressait en hâte pour y arriver. Quelle impatience elle éprouvait de voir tomber la tête d'un oppresseur du beau sexe! Le gouverneur lui annonça que l'heure de sa mort allait sonner ; Fitz-

Allan, sans s'expliquer, se hâta de se rendre près de l'empereur.

Il y trouva l'ambassadeur de Candahar, qui sollicitait toujours en faveur du sultan détrôné. Fitz-Allan se jeta aux pieds du Samorin, et le conjura d'accorder quelque délai à son malheureux compatriote. —Relevez-vous, lui dit le prince, vous oubliez qu'un gentilhomme ne doit fléchir le genou devant personne. Avec quel plaisir je céderais à vos prières! mais dans cette circonstance, suspendre l'exécution de l'arrêt qui condamne Lacy, serait un acte de cruauté et non de miséricorde; les témoignages qui l'ont convaincu ne sont point des témoignages vulgaires. Le mirza, l'un des plus illustres guerriers de sa nation, a déposé contre lui.

— Et j'espère, ajouta le mirza, en s'adressant au Breton, que ma véracité ne sera pas plus soupçonnée que mon courage?

A peine avait-il prononcé ces mots,

qu'une femme vêtue à la persane s'élança au travers de la garde. Sa chevelure, échappée de son turban, tombait éparse sur ses épaules. L'égarement se peignait dans ses regards : elle respirait à peine; c'était la sultane Fatime.

« Il est innocent, s'écria-t-elle avec l'accent du désespoir; Lacy est innocent : Agalva, la Samorina vit encore, si ce scélérat ne l'a pas assassinée ».

A cette accusation, le mirza éperdu trembla, peut-être pour la première fois de sa vie; il pâlit. Misérable, lui dit Firnos, en le saisissant à la gorge, qu'as-tu fait de ma mère?

Au nom de Dieu, ajouta Fatime, en embrassant les genoux du Samorin, arrêtez l'exécution de Lacy. Hélas! mon cher Lacy est probablement déjà sur l'échafaud.

— Mais, ma sœur, reprit le Samorin, vous assurez qu'elle vit?

— Scélérat, continuait Firnos, sans lâcher prise, où est ma mère?

— Votre mère, répondit le mirza d'une voix mal assurée, elle est dans mon harem, à Mansor.

— Mais Lacy, répéta Fatime, ô ciel! sauvez-le, sauvez-le!

A l'instant un officier de la garde partit avec la rapidité de l'éclair, pour arrêter l'exécution. Fitz-Allan le suivit, et Fatime dans sa vive impatience voulait qu'on lui permît d'aller aussi aider à briser les chaînes de l'infortuné. — Non, s'écria le Samorin, qu'on nous instruise d'abord de la destinée de ma sœur.

« Hélas! répondit Fatime, c'est moi qui suis la cause de tout ce qu'elle a souffert: mais où prendrai-je le courage qu'exige l'aveu de tous nos crimes? Cet odieux mirza est mon complice; nous avons été de concert les persécuteurs de Lacy et d'Agalva. Le mirza seul sait tout ce que la princesse a eu à souffrir; mais moi! c'est moi qui ai conduit l'innocent Lacy sur l'échafaud! Oh!

qu'on ne perde pas un instant pour le sauver, s'il en est temps encore.

» Je suis Fatime, favorite du dernier sultan. Je gouvernais son sérail, j'étais l'âme de sa politique, mon influence dans ses conseils ne laissait rien à désirer à mon ambition; mais l'amour impuissant d'un vieillard excitait mes désirs sans pouvoir les satisfaire. Malgré la contrainte qui règne dans les harems, le mirza devint mon favori; mais bientôt Agalva et Lacy, ayant été découverts, furent enfermés dans le sérail. Lacy me plut, ma mère était européenne; je résolus d'éloigner le mirza; en conséquence, je lui fis donner le gouvernement de Mansor, et Lacy lui succéda dans mon cœur. Comme je conservais toute ma prépondérance politique, je vis sans jalousie que le sultan avait un goût de préférence pour Agalva qui n'en jouit pas long-temps. Mon fils étant monté sur le trône, vendit ou éloigna toutes les femmes de son père.

Agalva obtint la permission de retourner à Calicut, et Lacy celle de l'accompagner.

» Désespérée de la perte de mon amant, j'écrivis au mirza. Je le fis entrer dans un complot détestable, il est vrai; mais pourquoi sommes-nous réduites, nous autres femmes, à de pareils expédiens ? Le mirza envoya quelques-uns de ses gardes travestis en brigands attaquer ces voyageurs, à leur passage à travers son gouvernement. Ils enlevèrent la princesse, qu'il renferma dans son sérail; et sous prétexte qu'il serait imprudent de laisser l'Européen en liberté, de peur qu'il ne soulevât les Nairs contre nous, il suivit mes volontés, en envoyant Lacy, sous escorte, à Candahar.

» Oh! quel fût mon bonheur de le revoir sous mes lois! je fis tous mes efforts pour adoucir sa détention. Quoique ses reproches me perçassent le cœur, je l'aimais trop pour lui rendre la liberté.

Il s'imaginait que la princesse était tombée entre les mains des voleurs, et déplorait bien plus le sort d'Agalva que ses malheurs personnels. Le mirza, ce scélérat, pouvait seul l'accuser d'avoir été son meurtrier.

» Enfin les Nairs se rendirent maîtres du sérail, et le prince Firnos ouvrit à Lacy les portes de la prison où, à l'insu de mon fils, je le retenais pour mes plaisirs. Daigne te contenir, ô Samorin; combien de milliers de femmes la Perse ne voit-elle pas asservies aux caprices d'un seul homme! je n'agissais ainsi que par droit de représailles. On remit en liberté toutes les autres femmes; moi seule, j'étais mère; affligée de me séparer de Lacy, je ne pus me résoudre d'abandonner mon fils à son désespoir; je le suivis à Ispahan, et redoutant la vengeance des Nairs, je lui avouai tous nos crimes. Il écrivit au mirza pour lui ordonner de relâcher la Samorina; mais il répondit qu'une telle conduite ne servirait qu'à exalter leur fureur; qu'ils n'oublieraient jamais les traitemens indignes dont elle avait été accablée ; que Lacy étant un hérétique qui ne croyait pas au prophète, il n'y aurait aucun crime de l'immoler pour le salut de tous; qu'il allait donc sur-le-champ se rendre à Calicut, où il l'accuserait d'être l'assassin d'Agalva.

» La Providence permit que cette lettre tombât entre mes mains. Je tremblai pour les jours de Lacy ; je m'évadai d'Ispahan; j'ai voyagé nuit et jour. Puissé-je n'être pas arrivée trop tard pour le sauver » !

Elle se tut, en donnant un libre cours à ses larmes; et, agitée de la plus mortelle impatience, elle se mit à errer çà et là, en répétant sans cesse: « Qui me conduira donc vers Lacy »?

En ce moment, un coup de canon s'étant fait entendre: « Grand Dieu!, s'écria le Samorin, on sera arrivé trop tard! la tête de Lacy a peut-être déjà roulé sur l'échafaud ».

« Justice, reprit la sultane, plus de miséricorde ». A ces mots, elle se précipite sur le mirza, et lui plonge un poignard dans le cœur.

Il tombe; les ombres de la mort s'appesantissent sur ses paupières. « Dieu et son prophète, s'écria-t-il, je meurs en bon musulman; mon âme prend son essor vers le paradis; Lacy est innocent, mais c'était un infidèle. Agalva vivait encore quand j'ai quitté Mansor; elle gémissait dans les fers, elle trempait son pain dans les pleurs du désespoir; mais sachez, ô Nairs, que je me ris de vous sur les bords du tombeau, j'y rencontrerai votre princesse. Pendant ma route à Calicut, je fus frappé de l'idée que, peut-être, vous pourriez vouloir réunir ses cendres à celles de ses aïeules, alors j'aurais été forcé de vous remettre son cadavre; j'ai expédié un esclave avec l'ordre de l'étrangler dans son cachot ».

Il allait continuer, mais la mort vint arrêter le torrent de ses malédictions. Il exhala son âme atroce, il nageait dans son sang ; mais personne ne daigna honorer son corps d'un regard.

Immobile, et ne donnant aucun signe de sensibilité, le Samorin portait dans tous ses traits l'image du désespoir. Les larmes de l'amour filial baignaient les joues de Firnos. La perte de son amant avait jeté la sultane dans le délire : les gardes purent à peine lui arracher le poignard des mains.

Cependant un bruit confus se fait entendre dans le vestibule ; une foule tumultueuse se précipite, avec violence, dans la salle. « Vivra-t-il l'assassin d'Agalva ? s'écrient à la fois mille voix ; le meurtrier d'une descendante de Samora, ce chrétien abominable, osera-t-on l'épargner ? Justice ! ou la vengeance du ciel réduira la ville en cendres ».

Enfin, le Samorin reprit sa dignité naturelle; mais l'impatience ne permit pas d'abord à la foule de faire le rapport de ce qui venait d'arriver. Déjà Lacy était monté sur l'échafaud, quand, ou par l'effet du hasard, ou de dessein prémédité (car peut-être elle avait un pressentiment de l'innocence de l'Anglais), Osva parut.

La grossesse jouit, à Calicut, de la même vénération qu'inspirait la virginité parmi les anciens Romains; et les princesses du sang de Sémiramis, lorsqu'elles sont enceintes, exercent l'honorable privilége des vestales, dont l'apparition dans les lieux où on exécutait les arrêts de la justice, arrachait le criminel aux mains des bourreaux.

Heureusement pour Lacy, Osva allait devenir mère, et il dut son salut à la taille arrondie de la princesse. La populace, cependant, se mutine et s'oppose à cet acte de clémence; elle ne veut pas qu'il s'exerce en faveur d'un coupable aussi atroce que l'assassin d'une Samorina : une sédition allait éclater, lorsque la police, avec des peines infinies, parvint à protéger l'Européen, jusqu'à ce que l'empereur eût prononcé sur son sort.

« Il est innocent, s'écria ce prince, la Providence l'a sauvé, la justice nationale n'est pas souillée. Voilà le véritable meurtrier d'Agalva ».

On vit alors le cadavre du mirza, qu'on avait admiré comme un héros. Mais, hélas ! un héros peut être un scélérat.

Cependant Fitz-Allan et l'officier ayant soustrait Lacy aux fureurs de la populace, le conduisirent au palais. « Généreux Européen, lui dit le Samorin, pourrez-vous jamais nous pardonner votre cruelle détention, votre honteux procès, votre injuste condamnation » ?

« Oh ! si Agalva vivait, répondit-il, j'aurais tout oublié. Je suis libre et dans le pays de la liberté, mais je n'y respire que pour m'affliger de la triste certitude de sa mort ».

Quel fût l'étonnement du peuple, en voyant dans les bras de son empereur le même homme qui venait d'échapper à peine à une mort infâme sur un échafaud !

Fatime s'avança, en chancelant, vers son amant. « Ah ! sultane, lui dit-il, votre dernier présent a manqué de me devenir bien funeste. Votre ceinturon avait appartenu à Agalva, et j'ai été accusé de l'avoir assassinée pour m'emparer de cette précieuse dépouille. Je n'osai pas déclarer devant le tribunal que je la portais comme un souvenir de votre amitié. Malheureusement vous étiez encore au pouvoir du sultan, et un fils mahométan était capable d'immoler sa propre mère à ses préjugés sur l'honneur ».

Des cris d'admiration retentissent dans toute la salle, à ce nouveau trait de générosité de Lacy. La sultane ne put contenir plus long-temps les sensations qui l'agitaient, la joie et la gratitude épuisèrent ses forces. Quelle étonnante transition, en effet, du désespoir à toute l'ivresse du plaisir! Elle s'évanouit dans ses bras.

Les courtisans s'empressaient de la secourir, lorsqu'un cavalier se présenta en écartant la foule. Il montra, d'un geste, le cadavre du mirza. « Malheur, s'écria-t-il, malheur aux tyrans des femmes! Vive l'auguste race de Samora »!

Tiré de sa profonde rêverie, le Samorin leva les yeux; c'était Walter Degrey.

« Souverain des Nairs, continua-t-il, je me rendais en hâte à Calicut pour prêter foi et hommage au pied de votre trône. Un homme vint à nous à toute bride, et son coursier, couvert d'écume, s'abattit. Nos postillons n'ayant pu arrêter leurs chevaux, notre voiture lui passa sur le corps, et fut renversée. Ma sœur ayant été blessée de cette chute, cet accident nous força de chercher du secours dans un château voisin. La dame nous reçut avec hospitalité ; on s'empressa de faire panser les blessures de ma sœur.

» C'était un esclave du mirza qui avait causé ce malheur; il avait la tête fracassée : on aperçut une lettre dans les plis de son turban. J'avais appris le persan pendant mon esclavage. Elle était adressée à Jamin, gouverneur, pour le mirza, de la forteresse de Mansor. Son maître lui ordonnait de demander la Samorina Agalva à son premier eunuque; et, après l'avoir transportée hors du harem, de l'égorger et d'enterrer son cadavre mutilé dans une forêt voisine. Jamin, pour s'assurer de l'obéissance de l'esclave, devait lui montrer une bague que le mirza avait renfermée dans sa lettre. A la vue de cette bague, tout le sérail devait faire éclater le plus parfait dévoûment. Je recommandai ma sœur aux soins de la châtelaine, et retournai sur les bords de l'Indus.

» Je pris le costume persan, et me rendis au sérail du mirza. A la vue de la bague, le premier eunuque se prosterne. « Interprète des volontés de mon maître, dit-il, parle, et nous obéissons; tu peux tout dans le harem de Mansor ». — « Conduis-moi, lui répondis-je, à la Samorina Agalva ».

» Nous passâmes par une longue file d'appartemens : à l'apparition d'un homme, les femmes se couvrirent le visage, et à peine osèrent-elles regarder à travers leurs voiles, jusqu'à ce que l'eunuque leur ordonnât de se retirer. Nous traversâmes le jardin, où elles s'amusaient, si cependant on peut s'amuser dans une si triste enceinte. Enfin nous arrivâmes au pied d'une vieille tour à moitié bâtie dans la rivière. « C'est ici, dit l'eunuque, que nous punissons les femmes rebelles; nous les y tenons un jour, une semaine, ou un mois, selon la nature de leurs fautes ; nous en mettons quelques-unes au pain et à l'eau ; aux autres, nous leur infligeons quelques petites corrections corporelles. Mais, pour cette abominable Nairesse, j'attendais, depuis long-temps, que mon maître lui envoyât un collier de soie. A son entrée ici, elle ne cessa d'exciter les autres femmes à la révolte ; mais, mes compagnons et moi, nous ne la perdions pas de vue un instant. Enfin, nous surprîmes un amant chez elle, sans avoir jamais pu découvrir comment il s'y était introduit. Le lendemain il fut empalé, et c'est la seule fois où je me sois aperçu que cette fière Nairesse ait versé quelques larmes ; mais à la fin je l'aurais réduite, si elle fût restée plus long-temps sous ma garde. A présent, dis-moi, où dois-tu l'emmener » ?

« Mon indignation m'eût trahi, si je m'étais permis un mot ; je me tus donc, et lui présentai la bague. « Eh bien !

répondit-il, en croisant les bras sur sa poitrine, je t'entends, son destin doit être enveloppé des ombres du mystère; je n'aurai point l'audace de vouloir pénétrer les secrets de mon maître».

« Cependant nous avancions par un escalier obscur et tortueux. Plusieurs fois, des gémissemens sourds ou le bruit des chaînes vinrent affliger mon oreille. Une femme frappa à la porte de son cachot à notre approche. Enfin, nous touchions presqu'au sommet de la tour; on n'avait choisi cette prison qui dominait le plus magnifique point de vue, que pour aggraver les tourmens d'Agalva. On faisait éprouver à cette infortunée princesse le supplice de Tantale. L'Indus coulait aux pieds de la tour. On avait prolongé sa chaîne pour lui laisser entrevoir dans le lointain les montagnes de son pays natal. Mais l'air qu'elle respirait me parut infect, une odeur empestée révolta tous mes sens; à peine pouvions-nous respirer.

» L'eunuque ouvrit avec fracas une effroyable porte. Grand dieu ! quel tableau hideux et touchant à la fois m'offrit la princesse, ce prodige merveilleux autrefois de tous les charmes! Les privations et le désespoir avaient effacé en elle jusqu'au dernier trait de la beauté. Son œil, jadis si vif et si pénétrant, était tantôt terne et sans expression, tantôt se fermait par l'impuissance de soutenir la clarté du jour. Ses lèvres décolorées laissaient voir des dents jaunies et décharnées, ces dents dont la blancheur avait éclipsé celle des perles même; sa peau desséchée ne présentait que des rides. Telle m'apparut Agalva, dont le portrait avait excité toute mon admiration à Virnapore; Agalva autrefois l'image de l'aimable Osva. Je la trouvai étendue sur la paille; des haillons de canevas couvraient ses formes flétries. Oh! que sera-ce quand vous l'entendrez raconter elle-même tout ce qu'elle a souffert !

» L'impitoyable mirza venait souvent insulter à ses chagrins amers, tandis qu'elle était enchaînée au cadavre de son amant décapité. Un eunuque, moins barbare que les autres, ayant osé intercéder en sa faveur, avait été remplacé par le monstre qui la gardait actuellement. Tantôt livrée à tous les accès de la rage, tantôt réduite au dernier degré de l'abattement, elle attendait en vain qu'on éloignât ce hideux cadavre. Sous ce climat brûlant où la corruption la plus prompte succède à la mort, ce corps naguère si beau, si aimable à ses yeux, le corps de l'infortuné qu'elle avait chéri, était devenu un objet intolérable de dégoût.

» Mais que l'état de cet amant était heureux, comparé à l'horrible situation où elle se trouvait! Il n'était plus au pouvoir de leurs tyrans. Pourquoi la mort trop tardive n'accourait-elle pas lui ouvrir aussi son dernier asyle ? En vain avait-elle cherché à se procurer quelqu'instrument de destruction! Pour aggraver son supplice, on avait converti en une coupe le crâne de son amant, elle était forcée de s'en servir pour soutenir son existence défaillante.

» Je la trouvai expirante de misère et presque suffoquée par l'infection. Elle était sans mouvement, et n'avait pas même la vigueur nécessaire pour chasser les myriades d'insectes qu'attirait la putréfaction du cadavre; ils couvraient son visage et ses mains, et bourdonnaient sans cesse autour de sa personne presqu'inanimée.

» Enfin nous lui fîmes respirer un air plus pur. Quand elle put supporter le mouvement du transport, je la fis placer sur un brancard. La bague prosternait tout le sérail à ma voix; les femmes du mirza soupiraient amèrement, et ses cruels eunuques triomphaient. On croyait que nous l'emmenions pour la faire mourir. Pour elle, tombée dans une profonde apathie, elle nous laissa, moi et les Nairs qui m'avaient accompagné, travestis en musulmans, les arbitres de son sort; tout lui paraissait indifférent. Nous la portâmes dans le bac, et nous nous élançâmes sur l'Indus. Mais comment peindre ses transports en se voyant libre! L'air de son pays natal l'a rendue à la vie et à la santé; sa bonne mine même est revenue. Tout en elle tient du prodige. Le lendemain nous nous mîmes en route. Je retrouvai, au château où je l'avais laissée, ma sœur guérie de ses blessures. Agalva et Emma arrivent ensemble. Je suis monté à cheval pour vous annoncer cet heureux événement ».

Le Samorin put à peine contenir l'excès de sa joie, jusqu'à ce que Degrey eût fini son récit. Il se précipite entre ses bras; il voulut parler, mais il ne put s'exprimer que par des sanglots. On vit le souverain des Nairs pleurer comme un enfant; les transports de Eirnos ne furent pas moins vifs. Osva courut à son appartement, et apporta sa petite Marina. Tant d'événemens s'étaient succédés avec une telle rapidité, le passage du désespoir au délire du bonheur avait été si brusque, que tout ce qui se passait était une énigme pour la foule étonnée des spectateurs. Tout ce qu'ils purent comprendre, ce fut qu'Agalva vivait. Cette heureuse nouvelle volait de bouche en bouche.

Cependant la porte de la salle s'ouvre à deux battans; Agalva parait; elle est vêtue avec une magnificence royale, digne d'elle, digne d'une princesse du sang de Sémiramis. Les Nairs se pressent autour d'elle pour lui baiser la main, ou toucher le bord de sa robe. Une longue détention a flétri les roses de son teint, et le chagrin dévorant a laissé sa triste empreinte sur son auguste front; mais sa démarche est majestueuse, et ses yeux brillent de leur premier éclat; ils éclipsent les pierreries de son diadème impérial.

Son frère, ses enfans, accourent dans ses bras, et se disputent avidement ses caresses.

Quelle révolution ! hier dans un cachot horrible, et aujourd'hui dans le palais maternel, environnée de ce qu'elle a de plus cher ! Elle embrasse Firnos, qui a bravé les tempêtes et l'océan pour chercher sa mère; elle est enchantée de revoir Abas, qu'elle a cru enseveli pour jamais dans les odieux murs d'un sérail, et Osva présente à ses baisers la petite Marina, Osva dont la fécondité promet un nouveau sujet de félicitation et de réjouissance.

Elle retrouve Fitz-Allan, son amant anglais, et le prince de Cambaya, l'ami de son enfance. Ils pressent ses mains avec une vive affection; elle est au milieu de tous ceux qu'elle porte dans son cœur. Elle félicite le fidèle Naldor de s'être affranchi des liens du mariage.

« Lacy, mon cher Lacy, continue-t-elle, c'est moi qui vous déterminai à quitter votre asyle à Calicut, mais vòtre dévoûment a failli vous devenir fatal. Nos femmes les plus belles doivent faire tous leurs efforts pour vous en payer le juste prix. Ah ! mon ami, à combien de malheurs ne vous ai-je pas exposé !

« Non, s'écria Fatime, en se prosternant aux pieds de la Samorina, c'est moi qui suis coupable de tout ce que vous avez souffert l'un et l'autre. La perte de votre liberté et les horreurs de votre captivité sont le résultat de mes criminelles intrigues. Lacy pourrait me les pardonner, l'excès de ma passion peut m'excuser à ses yeux ; mais quelle considération sera assez puissante pour me justifier aux vôtres » ?

« Retirez-vous, sultane, répondit la représentante de Sémiramis, en lui tendant la main, je ne vous reproche rien, j'accuse la tyrannie de vos usages, et les préjugés de votre religion. Pourquoi fallait-il que vous dérobassiez un amant à tous les regards, comme un objet illicite et défendu ? pourquoi étiez-vous réduite à l'intrigue pour jouir d'un droit que vous deviez oser exercer aux yeux de l'univers entier ? Vous, Fatime, vous méritez moins le blâme que votre prophète ».

Mais quelle est donc cette dame, à la suite de la Samorina ? tous les yeux ont été trop occupés d'Agalva pour se porter sur son élégante compagne. C'est Emma Degrey. Walter la présente au Samorin. Pendant leur voyage, l'éloquence de Walter a triomphé, sa sœur s'est rendue à ses argumens, et a promis de se conformer aux usages du Malabar.

Agalva ceint l'épée à Walter, mais il éprouve toujours de l'inquiétude, jusqu'à ce que l'empereur ait décoré la timide Emma de la ceinture de l'espérance, et lui ait donné cette noble bénédiction : « Sois mère d'une race de héros ».

Après cet acte de naturalisation des deux étrangers, le Samorin monte sur son trône, au pied duquel ou conduit Walter et Emma, et le héraut du Phénix les proclame comte et comtesse de Mangalore.

« Vous ne refuserez sans doute pas, dit Agalva en s'adressant à l'empereur, de confirmer une preuve de ma reconnaissance envers mon libérateur. Voici la coupe que la vengeance raffinée du mirza a faite du crâne de mon amant; qu'on la conserve comme un monument des maux que j'ai soufferts. L'esprit de mon amant fut éclairé, et son âme se réjouira de l'usage futur de cette coupe. Qu'on s'en serve donc à la fête solennelle de Samora; que Walter et ses neveux deviennent grands échansons de l'empire. Avec cette coupe, nous boirons au maintien et au triomphe des droits de la femme. »

FIN DU QUATRIÈME ET DERNIER VOLUME.

www.ingramcontent.com/pod-product-compliance
Lightning Source LLC
LaVergne TN
LVHW010544110826
845149LV00003B/560

* 9 7 8 2 0 1 4 4 8 4 0 4 5 *